貴族令嬢に生まれたからには念願の
だらだらニート生活したい。

サリーナ
マリーの専属侍女。勝気で負けず嫌いな性格だが、表面上は冷静沈着で仕事のデキる戦うメイド。
グレイ
ルフナー子爵家の次男で次期当主。商人としてキャンディ伯爵家にも出入りしており、マリーの父から彼女との縁談を提案された。
マリー
前世のブラック企業で過労死し転生したキャンディ伯爵家の三女。中身はアラサー。今世ではぐーたら過ごすと心に決めている。前世の知識による発明で、伯爵家に珍しいものをたくさんもたらす。

Main characters
登場人物紹介
アン
アナベラ
アン&アナベラ
マリーの二人の姉。
家に引きこもっている
マリーと異なり、
どちらも社交界の華。
長女のアンは
公爵家令息との結婚が
決まっている。
フレール
次期リプトン伯爵夫人、
アールの妻。しかし、
夫を「商人上がりの男」と
蔑んでいるようで……
アール
次期リプトン伯爵、グレイの
兄でルフナー家の長男。
商売拡大のため、
格上のリプトン伯爵家に
婿入りした。

第一章

多分、過労による突然死だったんだと思う。

だって死んだ時の記憶なんてさっぱりなくて、仕事から帰って眠って起きたらいきなり赤ん坊になっていたんだから。

転生して目が覚めた途端、私はパニックになって泣き喚《わめ》いた。そこへ慌ててやってきた巨人――大人が、私を優しく抱き上げて揺らしながら、異国語で子守歌を口ずさむ。次第に気持ちが落ち着いてきて、これはリアルな夢に違いないと自分に言い聞かせている内に、私はまた眠りについた。

しかし、再び目覚めても夢は一向に醒《さ》めることなく。

数年の時を重ねて言葉を理解し、片言ながら話せるようになった頃には――私はすっかりこれを現実のものとして受け入れていたのである。

私が転生したのは、とある貴族の家だった。周辺諸国と比して割と大国であるトラス王国のキャンディ伯爵家。

前世の名はなぜか思い出せないが、今世の私の名はマリアージュ・キャンディ。本当はセカンドネームやら何やらでもっと長いが、自分ですら正確にフルで覚えているか怪しいので割愛する。

伯爵家とはいえ、七人兄弟の第五子で三女という実にお気楽な身分。親から求められるものも長子より少なく、干渉もあまりされない。政略結婚の時だけ頑張ればいい、みたいな。

前世ではブラック会社でひいこら働いていた私は思った。

——今世では念願のニートになろう、と。

幸いにも（？）この世界は男尊女卑。女は半人前で守られるべき存在である。

つまりだ。結婚しても妻は後継ぎさえ産めば、後は働かずにお家で自宅警備員をやっていてもいい。お紅茶をシバいてお茶菓子を摘まみながら娯楽小説を読みふけったり、ゴロたんと惰眠《だみん》を貪《むさぼ》って過ごしたりしていても、なんら非難されないのだ。

ただ問題は、結婚相手がそれを許してくれるかどうかである。

さて、場所はキャンディ伯爵邸にある豪奢《ごうしゃ》な喫茶室。私は意図して微笑みを浮かべながら、目の前の男を抜かりなく観察していた。

色白で美しく整った顔。鼻のあたりにわずかに散ったそばかすとオレンジがかった癖毛がそこに不完全さと人間味を与え、親しみやすさを感じさせている。しかし鮮やかなグリーンの瞳は鋭い知性の光を宿し、底が見えない。目が合うと、彼はそれを細めて人懐っこい笑みを浮かべた。

「お初にお目にかかり光栄です、マリアージュ姫。私はグレイ・ルフナーと申します」

十五でねえやが嫁に行くこの世界。自らの数奇な運命と今世の野望を胸に抱きつつ、私は結婚を意識する年齢である十三歳を迎えていた。

そして今。私の父に才能を見いだされ、婚約相手として選ばれた――裕福な子爵家の令息であるグレイ・ルフナーと対峙《たいじ》している。

グレイ・ルフナー、果たして君は私の希望に合致する人物なのだろうか。

「ご丁寧にありがとうございます。ルフナー様はとても有能な方だと伺っておりますわ。私のことは気軽にマリーとお呼びくださいませ。よしなに」

優雅に見えるよう、ドレスの裾《すそ》を摘まんで淑女の礼を取る。なかなか辛い。ゆっくりとした所作は巧拙《こうせつ》が出やすいのだが、上品さと育ちの良さを演出するための上流階級婦人の心得であるので仕方ない。

外見的には生理的嫌悪を抱かなかったのでまずはよし。初対面でも寝れる。

愛称を許したので、相手には私がこの婚約に乗り気であると伝わったことだろう。

ちらっと顔を見て、わざと恥じらうように目を伏せる。

「どうぞお掛けくださいまし」

着席を促すと、グレイ・ルフナーは「それでは失礼して……」と少しホッとしたようにはにかんで腰を下ろした。私も続けて座ると、侍女達が紅茶を注いで給仕しはじめる。今日のお茶は、彼が手土産に持参してくれたものだ。

それまで黙って私達を見ていた父《ダディ》サイモンが口を開く。

「二人とも初対面であることだし、じっくりと話し合ってお互いの理解を深めるといい」

グレイ・ルフナーが「はい」と返事をすると、上がり気味の顎《あご》をわずかに動かして頷くダディ。表情筋を動かさず傲慢《ごうまん》さすら感じるダディの、貴族的に澄ました余所《よそ》行きの所作に、思わず噴き出しそうになる。

その気配を感じ取ったのか、ダディは私に「くれぐれも妙な振る舞いや発言はしてくれるな」と雄弁に語る眼差しをじろりと向けてから、喫茶室を出ていった。

まあ気持ちは分からないでもない。何せ、前世持ちの私は普通の令嬢と比べて色んな意味で規格外。この世界の人の作った常識の枠組みには収まらないのである。そんな娘が無事に結婚できるかどうか、ダディなりに心配しているのだろう。

婚約相手の理想を歯に衣《きぬ》着せずぶっちゃけた私。その希望を最大限に叶える形で、ダディはこのお見合いをセッティングしてくれたというわけだ。

さて、とグレイ・ルフナーに向き合う。

湯気の立ったカップを手に取ると、そっと香りを嗅《か》いでみた。

「まぁ……良い香り。鈴蘭の花畑に立っているかのようですわね。こんなお茶は初めて……。ルフナー様、このような嬉しいお土産にお礼を申し上げます」

カップの中には薄い水色《すいしょく》のお茶が満たされ、鈴蘭のような芳香《ほうこう》が立ち上る。

そもそも茶葉はルフナー家の商会が扱っていたものだが、少なくともここトラス王国を始めとするこの世界の西欧風文化圏の国々では喫茶の文化がなかった。それを私が茶葉を見つけて買い、家族に紹介して喫茶文化を持ちこんだという経緯がある。

それを気に入った社交界の華である母が屋敷に喫茶室を作らせ、貴族の奥様達を招いてサロンを開いた。

招かれた奥様達が母を真似て喫茶室を作り……と喫茶文化が根付いていくにつれ、茶葉の売り上げは右肩上がり。急成長した茶葉交易は今やルフナー家の主要な事業の一つになっていると聞く。

この茶葉も遠国から輸入されているものだ。前世で五十グラムで三千～五千円レベルだった春摘み農園ブランドのやつに似ていて、テンションが上がる。

うん、これは高級茶葉だ。紅茶好きの魂は前世からずっと変わらない。これを用意できる財力に、結婚生活への期待がいやが上にも膨らむ。

「マリー様にそのように喜んでいただけて、持ってきた甲斐《かい》がありました。私のことも是非グレイとお呼びください」

「じゃあエ……っと、あの。グレイ……様」

私は思わず俯《うつむ》いた。

あ、危ねぇー！

高級茶葉《ティー・ハイテンション》による上機嫌のまま、「じゃあエイリアンって呼ぶわ」と素のノリで口走るところだった。無意識に浮かんだ言葉がじわじわと自分を苛《さいな》みだす。

『グレイ』は、前世では子供くらいの大きさの、灰色の肌に大きな黒目、小さな鼻と口をした、いかにもといった姿の宇宙人を指す時に使われていた名前だ。そのせいで咄嗟《とっさ》にエイリアンと結びついてしまった。

笑いを必死で堪《こら》えながら、私は猫を被り直した。ひょっとすると顔は真っ赤になっているかも知れない。

エイ……グレイはくすりと笑って「マリー様は今時珍しい、奥ゆかしい方ですね」なんて言っているが、お見合い相手が笑いを必死に堪《こら》えるのに顔を赤らめているだけであり、実際は奥ゆかしさとは程遠い上にニート志望だとはまさか夢にも思うまい。

最初から自爆技で前途多難である。なんとか立て直しを図らねば。

「そう思われたのはきっと、グレイ様が素敵な方だからですわ。本当は私、結構お転婆なところがありますの。私はおかしいことだとは思っていないのですが、時々、周りの方には突飛《とっぴ》に思われる行動を取ることがあって。ばあやに叱られながら育ちましたのよ。あの、グレイ様はお転婆な女はお嫌いですか……?」

私はこれ以上余計なことを考えないように脳内で素数を数えながら、じっとグレイを見つめた。うまくいけば寄生させてもらえる相手だ、媚《こび》は全力で売るべし。

それでいて素の自分を匂わせて、予防線も張っておく。徐々に徐々に慣らしていかねば。いきなりすべてをさらけだすと逃げられてしまう。

グレイはというと、少し顔を赤らめて視線を彷徨《さまよ》わせていた。そうだ、それでいい。私に惚れるがいい。

「き、嫌いではありませんけれど……失礼ながら、父君からは、少々変わったお嬢様だと伺っておりました。しかしこうして実際にお会いすると、到底そんな風には見えませんね」

恐らく大層な変わり者とでも言われたのだろう。ダディもそれとなく前置きしておいてくれていたらしい。

「まぁ……父が話してしまったのですね。お恥ずかしいですわ」

「いえ、詳しくは伺っていないのです。お転婆とは、どんな？」

どう説明したものか。私は少し紅茶を口にした。

「そうですわね……令嬢らしからぬ、という意味では、乗馬がしたいと我儘《わがまま》を言ったり、でしょうか。危ないからと猛反対に遭って、それは許してはもらえなかったのですが」

「ポニーがダメだと？」

グレイが疑問を呈する。貴族の少女が乗馬というと、お遊びでポニーに跨《またが》るというのが一般的だ。

「いえ、お父様やお兄様達のようにちゃんとしたお馬に乗ってみたくて。でも結局、二人の使用人に付き添ってもらった上で、大人しい馬に乗ることで我慢したのですわ」

「それは……また。マリー様は大事に想われているのですね」

きっと、彼の脳内では馬上に私と使用人その一、引き馬に使用人その二の図が浮かんでいることだろう。実際とは違うにしても、それは過保護すぎるイメージだ。

「小さな子供みたいでしょう？」

「いえいえ、可愛らしいお転婆ですね」

グレイは微笑ましく感じたようだ。私は若干の罪悪感を抱き、顔を上げられない。

……いや、嘘は言っていない。ちょっとミスリードするように言葉を選んだだけで。

時を遡《さかのぼ》ること三年前……私はお貴族様らしく乗馬をしたかったのだが、ポニーじゃなければダメだと絶対に許してもらえなかった。『馬は大きくて危ない』『動物は人の言葉が分からないから』『大人しい雌馬《めうま》でも暴れださないとは言えない』云々《うんぬん》。

『じゃあ人の言葉が分かる、絶対に大人しい馬がいれば許してくれるの？』と訊くと、小馬鹿にしたような『そんな馬が本当にいるのならな』という答え。

兄様が同じ年だった時には許してた癖に！　と頭に来た私はまず、庭師見習いのヨハンとシュテファン兄弟（共に二十代独身）に命じて『絶対に大人しい馬』を作らせた。

そうしてできた馬は木材や布、塗料に古い鞍《くら》等を使って作られたハリボテ仕様。胴の中が空洞になっていて、そこへ人二人が入って神輿《みこし》みたいに担げるようになっていた。

そして私はそのハリボテ馬の鞍《くら》に跨《またが》ると、庭師の兄弟それぞれに前脚と後ろ脚をさせて屋敷中を駆け抜けてやったのである。ダディは頭を抱え、母《ママン》は悲鳴を上げて卒倒。兄姉や使用人達はゲラゲラ笑い、弟妹は我もと乗りたがり、私を走って追いかけたばあやは無理が祟《たた》ってぎっくり腰。

……後でがっちり叱られて頭にタンコブを作った、そんな思い出。

ちなみに庭師の兄弟は今でも私の愛馬をやっている。今では私の手足となって動くげぼ……もとい、気の置けない臣下だ。

年々上がる馬のクオリティ。しかし今年はちょっと危機感を抱いている。

怪しい目つきをした兄弟から鞭《むち》を渡されたし、ハリボテのほうもドラッグをキメてるみたいに目玉が上を向いていて狂気を増し……なんかこう、いやらしかった。

そろそろちゃんとした馬が欲しい。

「――そうだ、マリー様。乗馬をなさる時、私がご一緒しましょうか」

「えっ……」

愛馬に思いを馳《は》せていた私は、不意を突かれてグレイの顔を見る。余程馬に未練があるように見えたらしい。

彼は良い考えを思いついたとでも言うようにニコニコとしていた。

「これでも乗馬技術には少し自信があるのです。二人乗りでも軽い駆け足ぐらいは安全に馬を御《ぎょ》することができます。マリー様にと選ばれた馬なら大人しいでしょうし」

そう来たか！

「えっと、それは……」

心拍数が急上昇、何気にピンチである。

まずい。私の愛馬がハリボテだとバレたら――

私は必死に言葉を探した。

「ごめんなさい、あの……私の馬は生きてはいないのですわ」

ハリボテだけに。

私の謝罪に、グレイははっとして慌てたように首を振る。

「あ……いえっ、私のほうこそ悲しいことを思い出させてしまって申し訳ありません。では、私の馬にお乗せしましょうか。もちろんとても訓練されていて人に慣れておりますから」

「本当に!?」

「そのままピクニックに行くのもいいですね。美しい場所を知っていますので」

「まぁ、素敵♪」

胸の前でパシンと手を合わせ、必要以上にはしゃいで見せる私。危機を脱したばかりかデートのお誘いをいただけるとは塞翁《さいおう》が馬《ハリボテ》!

それにしても、と内心感心する。

グレイは三歳年上の青年なのだが、前世アラサーだった私からすると実質年下の男の子という感覚が抜けきらない。齢《よわい》十六にして未熟さをあまり感じさせないこういうスマートなデートのお誘いができるとは天晴《あっぱ》れである。

流石《さすが》はダディのお眼鏡に適《かな》った、できる男よ。

「ピクニック！　嬉しくて舞いあがってしまいそうな気持ちですわ！　どんな場所ですの？」

ワクワクする私。グレイは少し悪戯《いたずら》っぽさを含んだ笑みで、唇に人差し指を当てた。

「それは内緒にしておきましょう。そのほうが感動も大きくなるでしょうから」

「グレイ様ったら意地悪ね」

「よく言われます」

自然に見つめ合い、どちらからともなくうふふあはは、と笑いだす。和やかな雰囲気になった。

それからは冷めたお茶が淹れなおされ、庭の薔薇がもうすぐ咲くから楽しみだの、日課として小鳥達に餌《えさ》をあげているだの、お互いに取り留めもないことを話した。

紅茶好きな私にとっては、この世界のお茶事情を詳しく聞けたこの時間は、グレイとの婚約の話がなかったとしてもとても有意義なものだった。

……もうそろそろ時間的にお開きかな。

婚約も成功しそうだと思っていると、グレイがあっと声を上げた。

「そういえば、マリー様がお茶好きと伺って、是非差し上げようと持参したものがあったのです。これも今日召し上がっていただいたものに並ぶ程、本当に珍しい茶葉で。今朝やっと届いた品なのですが……」

グレイは間に合って良かったと言いながら、侍女の一人から鞄を受け取る。その中から取りだされたのは小さな包み。

彼はそれをテーブルの上に置いて広げかけ——うぇっと声を上げて愕然《がくぜん》とした表情になった。

「どうなさったの？」

「す、すみません！　間違って持ってきてしまったようで……！」

片手を額に当ててテーブルに突っ伏しかけているグレイ。

包みの開けられた口には、焦げ茶色の粉状のものが顔を出していた。

「お茶を仕入れた後、茶葉を選別するのですが……これは商品にもならない、底に溜まったカスのようなもので。いつもは使用人に下げ渡しているのです……それが、なんで」

「ちょっと拝見しますわね」

声を絞《しぼ》りだすように話す彼。すっかり頭を抱えて、しょげてしまっている。

私は有無を言わさず包みを手にした。中身を少し掌《てのひら》に出して確認する。

これは……ファニングスやダストと言われるレベルの細かい茶葉ではないか。

目の前の茶葉を眺め、ふと、今まで飲んできた紅茶は所謂《いわゆる》オレンジペコータイプが多かったようだと気付いた。

オレンジペコーとは紅茶の等級で、大きめの茶葉のことだ。ファニングスやダストも同じく等級で、前世では質の良し悪しではなく形状や大きさで名称が決まっていた。

しかし、さっきのグレイの言葉からすると、前世と違ってこちらでは茶葉の大きさや形状で質の良し悪しが判断されているのだろう。

でも、これなら……

掌《てのひら》に乗せた茶葉を見ながらふんふんと考えこんでいると、グレイが力なく首を振る。

「本当に申し訳ありません。これは下げさせていただきますね。後日、本来お贈りするはずのものとお詫《わ》びの品を――」

言いかけて包みに伸ばされた手に、私はそっと自分のそれを重ねた。

「グレイ様」

「……マリー様？」

訝《いぶか》しげにこちらを見つめるグレイに、私はにっこりと微笑みかける。

「グレイ様、これも頂戴《ちょうだい》してもよろしくて？」

さりげなく、今日くれるはずだったやつも後日ちゃんと持ってこいよ？　と言っているのはご愛敬《あいきょう》。

グレイは情けなさそうに眉を下げた。

「でもこれは――」

「私、自他ともに認めるお茶好きですのよ。先程、間違ってお持ちになったとグレイ様は仰《おっしゃ》いましたが、私にはその間違えさえも運命的に思えましたの。これはこれでとっても素敵なものです。

だから欲しいのですわ。もちろん、私を喜ばせようとしてくださったグレイ様のお気持ちも、とっても嬉しゅうございました」

言って、くすりと笑う。

グレイは戸惑ったように瞳を揺らした。

「でも、グレイ様はご自分がどんなに素敵なものを下さったのかご存じないみたいですわね。ですからお帰りになる前に、これでお作りしたとっておきの一杯を召し上がっていただきたいのですわ。どうか、お付き合いくださいまし——サリーナ」

グレイが頷いたので、私は自分付きの侍女を呼ぶ。

「はい」と返事をして近づいてきたのは、焦げ茶色の髪と瞳の落ち着いた佇《たたず》まいの侍女。

彼女は探偵小説の主人公を張れそうな程、気配を感じさせずにさりげなく仕事をこなす、デキる子なのだ。

ちなみにこの世界において、貴族に仕える近侍や侍女はその家臣の子息子女——つまり良いご家庭のお坊ちゃんやお嬢さんであることが多い。サリーナもまたうちの家臣のコジー男爵家の娘であり、行儀見習いも兼ねて屋敷に勤めている。なので私は彼女に対しては、庭師に過ぎないヨハン・シュテファン兄弟よりも結構気を遣うのである。

そんなサリーナに茶葉の入った袋を渡して淹れ方を耳打ちすると、彼女は一つ頷いて部屋を出ていった。もちろんその行く先は厨房である。

「ここで淹れるのではないのですか？」

「ええ、鍋と火を使いますの。それに追加の材料もありますから」

しばらく経って、サリーナがティーポットを持って戻ってくる。

空になったティーカップに、湯気を立てて注がれるそれ。

「これは……？」

グレイが目を見開いた。やはり、まだこの世界にはなかったのだ。

「まぁ、やっぱり美味しそうだわ」

カップを手に取り、中身を確かめる。湯気と共に漂《ただよ》う紅茶の極上な香り。使用人に下げ渡すと言っても、上質の茶葉を選別した残りだったのだろう。

甘味として使われた蜂蜜の甘い香りと相まって幸せな気持ちになる。

「美味《うま》い……」

恐る恐る一口啜《すす》ったグレイが、取り繕《つくろ》うことも忘れ、呆然としたように呟いた。

「ミルクと……蜂蜜？」

「ご明察。お口に合って良かったですわ」

お元気も出てきたようで、とクスクスと笑う私とグレイの眼差しが合わさる。

「種明かしを致しますね。お茶を濃く煮出し、ミルクと蜂蜜を合わせて更に一煮立ちさせたのですわ。いただいたあの茶葉だからこそ、ミルクと合うように濃く煮出せて、美味しく淹れられます

のよ」

そう、私はこのような細かい茶葉なら美味《うま》いミルクティーが作れると思ったのであった。指示したのは正確にはインディアンミルクティー、つまりチャイの香辛料抜きのレシピである。

「なんと、私は価値のあるものを今まで無駄にしてしまっていたのですね。これだけのものなら……いえ、それよりも貴女《あなた》はこの飲み方をどこで」

若干早口でまくし立てるグレイ。圧が凄《すご》い。心なしか、瞳の鮮やかな緑がぎらぎらと燃え上がっているようにも感じる。

少し怖くなった私は、誤魔化《ごまか》すように人差し指を唇に当てた。

「秘密。さっきの仕返しですわ」

「……これは一本取られましたね。私の負けです」

そう引き下がったグレイは口の端に笑みを浮かべている。その表情になんとなく腹黒そうな印象を受けるのだが、目の錯覚だろうか。

そこへ、ダディが見計らったようにやってきた。

「随分《ずいぶん》と打ち解けたようだな」

「はい、お陰様で」

何事もなく見合いを終えられたのか？　と問うようなダディの視線。視界の隅でサリーナがかすかに頷き、私は笑顔を作る。

グレイが立ち上がったので「私もお見送りを」とそれに続こうとすると、彼は私に向き直った。そうして私の両手を取り、真剣な表情で見つめてくる。

「マリー様。本日は温かいおもてなしをしていただき、感謝致します。こうして実際にお会いして、貴女《あなた》がとても心優しく得難《えがた》い女性だということも分かって良かった。また、近い内にお会いしましょう」

「こちらこそ、グレイ様のような素晴らしく素敵な男性がお相手で良かったと、心から神に感謝致しますわ。またお会いするのを楽しみにしております」

お互いに概《おおむ》ね好印象……だったと思う。こうしてお見合いは無事に終わった。

グレイはダディに連れられて喫茶室を出ていった。彼はこの後「どうだうちの娘は」的な、やらしいことを訊かれるのだろう。

パワハラ。いや、セクハラ？

そんなデリカシーのなさだから、サイモン（↑呼び捨て）は自分がパパンなんて呼んでもらえないことを分かってないのだ。

しかしこれで私も面接終了。なんだかんだ疲れた。

一気にソファーにだらりともたれかかる。

とっとと部屋帰ってパン一にでもなってベッドでゴロゴロしよーっと。

私はん～っと伸びをして、大きな欠伸《あくび》をした。

気が付くと、侍女のサリーナも出ていってしまっている。

仕方がない。残ったお茶とお茶菓子は私の部屋の前に運んでおくように別の子に申しつけてから、部屋に戻る。

学校の校舎並みに無駄に広い屋敷は、部屋に戻るだけでももうしんどい。

やっとこさ自室に戻った私。侍女を待つのも嫌なので、余所《よそ》行きのドレスは自分で脱いでしまうことにしよう。

まずは結いあげた髪の飾り、ネックレス、イヤリング等の装飾品をぽいぽいと外した。次に、胸当てと羽織っているガウンを固定していたピンをバシバシ抜いていく。

急いだため、ピンがうっかり手に刺さって痛い。ドレス着用にこんなもの使うなんて。こけたりして刺さりどころが悪かったらどうなるんだ。

いつかこの世界で安全ピンを作ってやる、ちくしょう。

引きずるほどのガウンを脱ぎ去ると、更にスカート、ペチコート、コルセットを脱ぎ去って靴下留めを外し、裸足になってようやっと下着姿になった。

下着と言っても、シュミーズと呼ばれる襟《えり》ぐりの大きく開いたシンプルな膝丈ワンピースである。

この世界の『普通』はノーパンだが、私はいつも紐《ひも》パンを穿《は》いていた。これは譲れないポリシー。

ボフンとベッドに飛びこむと、マットレスのスプリングが軋《きし》んだ音を立てる。

天蓋《てんがい》付きのお気に入りのキングサイズのベッドは堕落したニートゴロたん生活には欠かせないも

の。ちなみにマットレスは前世の知識を元に私が作らせた特注品である。

羽毛入りのオフトゥン最高！

私はやっと安堵《あんど》の息を吐いた。

はぁ……

「貴族令嬢ってなんでこんなに重装備なんだろうか。コルセットに鉄の小さい板を縫《ぬ》いつけるなんてこれはもはや鎧《よろい》……これに剃刀《かみそり》仕込みの鉄扇《てっせん》でも持てば絶対に戦えるよな～」

中二病心が疼《うず》いた私は、機会があれば鎧《よろい》コルセットを作ってみようと決意した。

朝から見合いのためのドレスアップだのなんだので、マジ疲れた。締めつけられてろくに食べられなかったし、締めつけがなくなった今は腹が減ってきて仕方がない。

少し休んでいるとノックの音がしたので起き上がる。そっと部屋の扉を開けると、侍女が先程のお茶セットの載ったカートを運んできていた。

カートを部屋に引き入れ、椅子の上に脱ぎ散らかしたドレスなどを片付けようとする侍女を制する。ここはもういいからと下がらせた。

一人になった部屋でカートを更にベッドサイドの枕元近くに引っ張ってくると、私は読みかけの本を片手にベッドに乗りこんだ。カートの傍に寄ると頬杖をついて横たわり、本は一旦置いておいて紅茶をカップに注いでいく。

今からするのは貴族女性の価値観では最高に行儀が悪いことだ。だがそれがいい。

半身を起こしたら枕やクッションを重ねて背あてにして、膝の上に開いた本を読みながら、菓子を摘まんだり紅茶を飲んだりするのだ。

あぁ、癒《いや》される……

紅茶はぬるくなってしまっていたが、まぁこれはこれでいいか。

しかし私のそんな癒《いや》しタイムも長くは続かなかった。

部屋の扉が勢い良くノックされ、私の返事も待たずにそれが開けられる。

案の定というか、ダディだった。自分と同じ蜜色の瞳が、じろりと部屋中に巡らされる。

私は頬を膨らませた。

「ダディ、部屋に入る時はちゃんと返事を待ってからにしてよね。ここ一応女の子の部屋なんだけどー」

デリカシーなく闖入《ちんにゅう》してきた癖に、繊細そうに溜息を吐くダディ。なんとなくムカつく。

「マリアージュ、なぜお前は部屋ではいつもいつも破廉恥《はれんち》な姿をしているんだ！　メリーでさえ部屋でもちゃんとドレスを着ているというのに、恥ずかしくないのか！」

怒鳴るダディ。ちなみにメリーというのは私の妹メルローズの愛称である。

「え～、別に自分の部屋でどんな格好でいたって、それは自由じゃないの。ダディは、例えばわざわざ女専用の浴場に乗りこんでって、裸でいるのは破廉恥《はれんち》でけしからんって言うわけ？」

ボリボリと尻を掻《か》いていると、ピスッと小さな音がした。

「あ」

うぅっぷす。出ちゃったか〜。

「お見合いん時じゃなくて良かった〜」

私のたとえ話と体たらくに、ダディの顔が真っ赤になった。鬼の形相になっている。

「マリアージュぅぅ!! 仮にもお前はキャンディ伯爵家の令嬢なのだぞ、令・嬢!」

屋敷中に響くかと思うほどの大声が、部屋にビリビリと響き渡った。

思わず、小指を耳に突っ込む。鼓膜が痛い。

「マリーの本日の伯爵令嬢としての業務は終了致しました」

「本日と言わずいつも伯爵令嬢でいなさいと言っている!」

私は耳から出した小指にわざと息を大きく吐きかけ、諭《さと》すようにゆっくりと言う。

「あのね、ダディ……マリーはそれはブラック企業——心ない経営者のやることだと思うの。サリーナが私の侍女やるのも日中四刻(※八時間)程だし、警備の者だって交代制でしょ? 私だって、家庭教師の授業の時やお客さんが来る時とかの、キャンディ伯爵令嬢としてこなさなければいけない業務がある時間帯はちゃんと完璧な伯爵令嬢でいますよ? だけど、それ以外の時間はただのマリアージュでいたいの。ダディだって四六時中窮屈《きゅうくつ》でしかつめらしい伯爵閣下でいるわけじゃないでしょ? ただのおっさんの時だってあるでしょ〜?」

首を傾げて見つめてやると、ダディはぐるりと目を回した。

「おっさん……」

あっ、アラフォーとはいえ、三十路《みそじ》でおっさんは流石《さすが》にショックだったか。

まだ働き盛りだもんな。フォローしておかないと。

私はちょっぴり反省した。

「言い過ぎたわ、ごめんねダディ。ナイスミドルなおじ様、で」

ダディは何かを堪《こら》えるようにこめかみに手を当てている。

「はぁ……お前、結婚してしまうまで絶対にグレイを騙しきり、くれぐれも逃すんじゃないぞ。婚約はすでに成ったのだから。とにかくもうすぐ夕餉《ゆうげ》の時間だ。ちゃんと服を着なさい――サリーナ、支度を」

「はい」

私達の不毛なやり取りの間に入室し手際良く室内を片づけていたサリーナ。先を読んでいた彼女の手には部屋着用のドレスが準備されている。主がダメな分、実にデキる女だ。

癒《いや》しタイムを諦めた私は、仕方なく着替えるためにベッドから出た。


かちゃりかちゃりと響くカトラリーの音。他の家のことは知らないけど、うちはいつも家族揃《そろ》って食卓を囲む。

まぁ、実は私が言いだして、いつの間にか習慣化していたんだけど。

今日のメニューはチキンステーキだ。バターとハーブ、塩のバランスが絶妙である。

うん、美味《うま》し。モグモグしながら機嫌良く味わっていると、ママンティヴィーナと目が合った。

ママンの目が細められ、優しい笑みを形作る。見事な黒髪に美しい灰色の瞳をした匂い立つような美女は、結婚が早かったとはいえとても七児の母とは思えない。

「マリーちゃん、無事に婚約が決まって良かったわね。『結婚できなかったらずっとママンと一緒に暮らすぅ〜』なんて言ってたから心配してたのよ？」

私はステーキを喉《のど》に詰まらせかけた。ぐうの音も出ない。

前世でも東京に行くまでは親元でパラサイトしてて、自立する気がゼロだった私。というかあんな薄給じゃ独り暮らしで貯金とか無理ゲーだったし。

ただ、ママンが心配していたのは、私がニートすることよりも独身のままであり続けることだろう。

前世と違って、結婚できないオールドミスは尼僧《にそう》でもない限り人格や身体的欠陥を疑われる、世知辛い世の中だ。

胸を叩いてチキンをなんとか飲み込んだ私は素直に謝った。

「心配かけてごめんなさい、ママン。でも、このまま結婚してしまえば私の人生は安泰ですから」

ダディの言う通り頑張ってグレイを攻略しよう。結婚するまで油断は禁物だ。

ちなみにいつもと違って言葉遣いを令嬢モード寄りにしているのは、ボロを出さないようにと普段からの言葉遣いの改善をダディに命じられたからである。

グレイ攻略の決意を新たにしていると、一番上の兄トーマスが「なぁ、マリー」と声をかけてきた。

「それにしても、裕福だとはいえあの男は商人上がりの子爵だろう？　マリーはなぜあんなやつを選んだんだ？」

あれ、と思う。トーマス兄はグレイと面識があったっぽい。

しかし『商人上がり』とは、また……あまり良い印象を持ってないようだ。

私と同じ父譲りの蜜色の髪と瞳をした柔和な美貌のトーマス兄は、リトルサイモンとでも言おうか、父にそっくりである。若く箱入りの貴族令息《ぼんぼん》だから付き合う人脈の幅もまだ狭く限定的なのだろうし、思考もきっとそれにつられて保守的になってしまう。商人に対する偏見も、仕方がないのかも知れない。

まぁ正直に言うか。家族には取り繕《つくろ》う必要もないし。

貴族令嬢らしい笑み一発、にっこり。

「――働きたくないからです」

「え？」

トーマス兄はぽかんとした顔になった。その隣に座って黙って話を聞いていた次男カレル兄も同様である。

「今、なんて？」と言わずとも顔に書いてあった。

「一生、働かずに養《やしな》ってもらいたいからですわ、トーマス兄様。マリーは働いたら負けだと思ってますの」

「はぁ？」

「貴族の婦人は普通働かないだろう。どういうことだ？」

カレル兄も参戦。視界の隅《すみ》で、ママンの目が冷ややかな色に染まるのが見えた。

こりゃ後で二人とも折檻《せっかん》コースだな、南無。

私は首を横に振りながら、両手の掌《てのひら》を上に向けて肩を竦《すく》める。

「つかー、分かってないよねぇ、兄様達は。そこにお賃金が発生しないだけで、ご婦人はちゃんと働いてるんだよ？　ママンの目を見て同じ台詞《せりふ》をもっぺん言ってみなよ。考えてもみて。自分より爵位が上の男に嫁《とつ》げば、社交界に出るだの家政を取り仕切るだのなんだのと、外に出て働かないといけないじゃん！」

「言葉遣い！」

ダディの叱責が飛んできた。私は胸に手を当て、意識してはかなさを演出する。

「そう……そもそも、私の希望は高い爵位なんかではなく、精神的に安定した優雅な引きこもり生活なのですわ。社交界は人間関係――陰湿な陰口や権力闘争、不倫沙汰……その他諸々の恐ろしいことでいろいろと神経を使いますし、婚家は婚家で運悪くなかなか懐妊できなければ跡継ぎを産め男を産めと姑からのいびり不可避……実家の爵位が低ければ娘の待遇に口出しすらできません。か弱いマリーはね、そんな世界じゃ絶対虐《いじ》められるから生きていけないんですの！　子供は産んでもいいけど、絶対に一生引きこもって社交界とか危険な外《おんも》には出ーないっ！」

語る内にテンションの上がった私はパチパチと手を叩き、上にバンザイとやった。

以前婚約相手に対して希望を訊かれた時に同じようなことを語ったはずなのに、ダディはなぜか死んだ目になっている。

「あははー、マリーお姉ちゃまったら子供みたいー！」

「きゃはははは！」

弟イサークが笑いだす。妹メリーも一緒に手を叩いてはしゃぎだした。婚約者が公爵家令息である長女のアン姉は「……私、もしかして当てこすられてるの？」と自身を指さし首を傾げ、次女のアナベラ姉は「マリー……」と呆れたように呟いた。

「はぁ？　誰がか弱いと？」

そんなトーマス兄のツッコミを私はさっくりと無視してわざとらしく微笑んだ。

「ですから、爵位は低くとも構わないし、むしろそちらのほうが気は楽かもって思いますの。それで、裕福で浮気する度胸がなくて私を大事に大事に囲って一生養《やしな》ってくれそうな、叶うならばマリーが仕事しない分、仕事ができる有能な人がいいとお父様にお願いしたのですわ。あぁ、トーマス兄様はキャンディ伯爵家の跡取りですから、未来の妻子を養《やしな》うためにも必死こいて身を粉《こ》にして働かなきゃいけませんわね、せいぜい頑張ってくださいまし！」

ほほほほ、と高笑いをする。

トーマス兄はダディを見た。その視線にダディが力なく首を振ると、一気に疲れたような眼差しになってこちらを見る。

「……気のせいだろうけど肩にずしっと重みが。キャロラインのような、男勝《まさ》りで才気のある強気な女性も悪くないように思えてきた……苦手だったはずなのになんでだろうな？」

キャロラインはトーマス兄の婚約者である。私とは正反対の、勝気でバリバリのキャリアウーマンタイプ。

トーマス兄はどっちかと言えばおっとりタイプなので、いろいろと圧倒されてしまっていたのだろう。

「嫁《とつ》いだら跡継ぎを産んで外には出ず家を守る。決してでしゃばらず大人しくしている。そんな慎《つつ》ましやかな女性が貴族婦人の美徳って言ってたの、他でもないトーマス兄様でしょ？」

「いや、結果的には同じことのはずなんだがお前の言うことを聞いていたらな……才ある女性が外で活躍するのも悪くない」

一度彼女とよく話してみることにしよう、と反省するトーマス兄。それがいいと両親が頷いた。

期せずして私は長男カップルの仲を取り持ったようである。

「それはそうと、お父様。マリーが引きこもって社交界に出ないというのは……その、良くないのでは」

静かになったところで気を取り直したアン姉が、母譲りの灰色の目を揺らしておずおずと切りだした。

長女だけに私のことを心配してくれているのだろう。アナベラ姉も心配そうに見ている。

社交界に出ないということはやはり本人に何がしかの問題があるのだろう、と周囲に思われてしまう。一般的に不名誉なことではあるのだ。

「これまでのマリーの数々の奇行を思い出してみるがいい。無理やり社交界に出すのはかえって良くないという結論になったのだ。本人も外に出ないことを希望していることだしな」

「なるほど……」

アナベラ姉の呟きが静かに響いた。それに同意するような沈黙が落ちる。

「えぇ……あの馬は流石《さすが》に奇行という自覚はありましたけど。世間に出せないほどの、そんなにおかしなことばかりしてたかしら？」

いまいち納得いかない。いわゆる『転生チート』できる程の専門知識もそこまでないし、できることや前世の知識を試すにしたってほぼ人任せで、自主的には行動してないんだけれど。

それまで静かだった弟妹達が「馬おかしくないよ！　楽しいよ！」「そうよ、楽しいわ！」と口を挟む。それに「そうね。マリーお姉ちゃまが間違ってたわ。楽しいわよね」と微笑んだ。優しい子達である。

ダディサイモンは食後のワインを一口呑むと、顎《あご》に手を当てた。

「……確かに寝心地の良いマットレスなど、便利なものを考えだすこともあったが。あの馬鹿みたいな馬の件がなくとも、お前の言動は基本的に突拍子もなく不用心に過ぎる。自覚なく危険な考えをポロッとこぼすところもある。社交界で同じ調子で過ごしてみろ、瞬く間に奇人変人と思われてしまうだろう」

「危険な考えって……んー、こないだ話した経済戦争やグローバル主義の概念？　それとも今立ち上げ中の株式制度？　でも株式は別に危険ではありませんわよ？　あっ、うちは銀山を持っておりますし、交易商のグレイ様と結婚するならキャンディ伯爵家を発展させるもっともっと良い考えが。うまくいけば世界経済を――」

言い終わらない内にいきなりテーブルに音を立てて杯《さかずき》が置かれ、私はびっくりして口を閉じた。

「そういうところだっ！　まったく……話したければ後で執務室で聞こう」

「もう、ダディったら。家族だからなんでも話せるんですのよ！」

そんなに怒鳴るように言わなくても。男の更年期障害かしら？

私だってちゃんといろいろ考えて話してるのに。

不満に思いながらも、「分かりましたわ……」と渋々返事をする。

と、そこで私は重要なことを思い出した。

「あの……ママンとお姉様達にお訊きしたいことがありますの」

ことがことだけに切実である。そんな気持ちが伝わったのか、ママンティヴィーナと姉達だけじゃなく、食堂に集まる皆が私に注目する。

私はごくりと唾《つば》を呑みこんだ。

「お食事中にごめんなさい……。社交中に不可抗力で放屁《ほうひ》してしまったら、皆様、どうなさってますの？」

その瞬間、カレル兄がスープをブフォッと噴きだした。ママンや姉達は目が点になっている。

「意識的に透かしっ屁《ぺ》をする訓練を積む、放屁《ほうひ》が常日頃の方は犬を連れ歩いて犬のせいにする――マナーの本には事前の対処については書かれてあります。しかし、犬もおらず不可抗力で出てしまったらどう誤魔化《ごまか》せばよろしいんですの？　事件は現場で起きますのよ？」

「お前は社交界に出ないいんじゃなかったのか？」

ゲホゲホッと咽《む》せて涙目のカレル兄。その背をさすったり叩いたりしながらトーマス兄が突っこむ。

「確かに出ませんわね。でも、今は大事なグレイ様とのデートを控えておりますし、大事なことなんですの」

きりっとして言い切ると、咳が収まったカレル兄が息も絶え絶えに顔を上げた。

「お前のお陰で俺は女に対する幻想を一切抱かずに済むよ……」

トーマス兄も同意するように頷いた。

失礼だなぁ。

ちなみにカレル兄は黒髪に蜜色の瞳をもつママン似の精悍《せいかん》なイケメンで、格好良くて非常にモテる。実は競争率が高くてまだ婚約者が決まってないのだ。

「カレル兄様に近づいてくる女性は例外なく幻想を抱いていますわね。本当のカレル兄様はおならもするし、スープを噴いたり鼻糞ほじったりもしますのに。夢は所詮偽り。いつかは醒《さ》めて現実を見るものですわ。そして人はそこから真実の愛を育むんですのよ」

ふふん、我ながら良いことを言った。

カレル兄様が幻想なしで愛し合える女性を見つけられますように、と祈る真似をする。

カレル兄は慌てて口周りを拭くと、生意気な、と苦笑いを浮かべた。

その後、我に返ったママンや姉達が寄ってたかって私を囲み、アホの子を見るような目で「そういう時はお互い気付かないふりをするのがマナーなので、なかったように振る舞うように！」と教えてもらった。

なるほど、勉強になるなぁ。

◇　◆　◇

我がルフナー家は大商人から成りあがった新興貴族だ。

キーマン商会と言えば日用品から遥か遠国の珍奇な品までなんでもござれ。王都はもちろん、地方でも知らぬ者はいないだろう。

それを取り仕切る大商人だった祖父が男爵令嬢の祖母と恋に落ちて結ばれ、貴族の仲間入り。

交易の旅に見切りを付けてこのトラス王国に根を下ろしたのが始まりだった。

次に、その一人息子である父が婿《むこ》入りする形でルフナー子爵家を吸収。

そして、二人の息子を儲けたのである。

一人は兄のアール・ルフナー。もう一人は弟である僕、グレイ・ルフナーだ。

商売の拡大のためにも更に高みを目指そうと、兄は没落しかけのリプトン伯爵家に資金援助を条件に婿《むこ》入りを果たした。

そして僕も――できる限り身分が上の女性を娶《めと》り、ルフナー家を継がなければならない。

兄弟が別々の家を継ぐことになったため、キーマン商会の商売も二つに分けられた。

高位の貴族と交流を持つことになるであろう兄は、珍品や宝石類といった貴金属類を。そして僕は食料品や雑貨等、生活に関わる品を中心に扱うことになった。儲けが出やすいのは兄だが、扱う量は圧倒的に僕が多い。

僕は兄の結婚式で、自分の扱う商品の中でも貴族受けしそうなものを抜け目なく提供した。その策は功を奏し、問い合わせや注文の手紙が数多く舞いこみ――いくつかの取り引きをうまく勝ち取ることができた。

転機がやってきたのはそれから程なくして。キャンディ伯爵サイモン閣下から、とある手紙を受け取ったのである。

兄が婿《むこ》入りしたリプトン伯爵家は没落しかけていたが、同じ伯爵家でもその身代《しんだい》の規模はピンキリ。キャンディ伯爵家は豊かで、広大な領地に銀山を有し、資産だけで言えば公爵家並みだと有名だった。

更にサイモン閣下はやり手の貴族で、長女のアン姫は公爵家に嫁《とつ》ぐことが決まっていると聞く。

兄の結婚式で売り込んで以来、キャンディ伯爵家にはさまざまなものを買ってもらっていたが——必ず所望されるのは茶葉である。

遥か遠くの国で習慣付いているという喫茶文化は、丁度兄の結婚式の後ぐらいからこの国でも徐々に根付いてきているようだった。

キャンディ伯爵夫人はその喫茶をお気に召しており、率先して貴婦人達を集めては茶会を開いているお一人。その意味ではキャンディ伯爵家はお得意様であり、決して軽んじてはいけない相手と言える。

つい先日、キャンディ伯爵家に商品を届けることがあり——その時雑談交じりに商売のこと等いろいろお話をした。その中でサイモン閣下にキャンディ伯爵家の事業について助言を求められ、自分なりの見解をお答えしたのだったか。

商品について何か問題があったのだろうか、それともその助言の件だろうか？

疑問に思いながら手紙を開いてみると、そこには驚くべき内容があった。

サイモン閣下は僕の才能を素晴らしいものと感じ、今キャンディ家が推し進めている事業の助言役となってほしいとのことが書かれていたのである。

もちろん僕がルフナー子爵家の当主となるまでの間で構わないし、当主教育としてキャンディ家にできることがあれば良い教師を手配するとの好待遇。

これは千載一遇《せんざいいちぐう》のチャンスだと僕は思った。

働きながら一流の貴族教育を受けられる上、人脈作りもできるし領地経営も学べる。父も賛成し、是非このチャンスを掴むべきだと後押ししてくれた。

こうして僕は商会のことに手が回らない時は祖父や父に任せつつ、週に数日程度、キャンディ伯爵家に学びながら仕えることとなったのである。

二度目の人生の転機とも言える大きなチャンスが訪れたのは、キャンディ伯爵家に仕えはじめてから数年経ったある日のことだった。

サイモン様——この頃にはお互いに打ち解けて親しく呼ぶ許可を与えられていた——のご息女、キャンディ伯爵家の三女マリアージュ姫。彼女との縁談の話が突如として舞いこんできたのである。

僕がサイモン様からそのお話を聞いた時には知らなかったが、その時にはもうすでに両親に話を通され、外堀が埋められていたと後から聞いた。

『あれは、少々……いや、かなり変わった娘なのだが。グレイならばうまく付き合えると思うのだ』

キャンディ伯爵家に仕えているとはいえ、僕はたまにいらっしゃる奥方様や跡継ぎのご子息様以外のご家族にはお目通りしたことがない。

というのも、邸宅があまりにも広く、サイモン様と仕事をする建物とご家族の居住区はかなり離れているからだ。

ふう、と息を吐き、遠くを見るような眼差しで語るサイモン様。マリアージュ姫はどうやらかなりの曲者《くせもの》らしい。

それはそうか、と内心落胆する。

身分の低い男が身分の高い女と結婚できるという場合、大抵女に難ありのことが多い。実家の財政が苦しいという理由の他――例えば気性が激しかったり、醜《みにく》かったり、醜聞《しゅうぶん》にまみれていたり……いろいろだ。

実際、兄も婿《むこ》入りしたリプトン伯爵家で苦労しているようだった。

マリアージュ姫についてはあまり噂を聞いたことがなかったので、少なくとも醜聞《しゅうぶん》ということはないだろうが……となると、問題は性格か外見かのどちらかだろう。

『マリアージュ姫は情熱的な方なのですか？』

婉曲にヒステリーかどうか訊いてみる。

『癇癪《かんしゃく》持ちというわけではないのだが。……いや、ある意味情熱的と言えばそうかも知れぬ』

サイモン様はそう言って視線を泳がせた。

ヒステリーではなかったようだ。だが、どうにも歯切れが悪い。

じゃあ醜女《しこめ》なのだろうか？

『では、その……ご容色《ようしょく》があまり……？』

失礼な質問だと自分でも思いながら、サイモン様の顔色を見つつぼそぼそと訊ねる。

しかしサイモン様は怒った様子もなく首を横に振った。

『いや、醜《みにく》くはない。むしろ美人の類に入るだろう。そうだな、妻の顔かたちを若くして、私の髪と瞳の色にしたような感じだ』

『えっ』

予想外の返答。

奥方様――社交界で『宵闇の女神』と称されているキャンディ伯爵夫人のお姿を思い出す。サイモン様は蜜色の髪と瞳だ。

脳裏で姫の姿を説明通りに思い描いてみる。本当なら、かなり美人ということになる。

……ますますわけが分からなくなった。

『ならばなぜ僕のような下位の男に？』

いくらルフナー子爵家が金持ちでも、キャンディ伯爵家には及ばない。だからこんな美味《うま》過ぎる話があるわけがなかった。

僕の才能が気に入ったからという理由でもないだろう。

特に瑕疵《かし》のない美しい貴族女性が結婚する時、その相手は同等か、それ以上の家格を目指すかのどちらかだ。わざわざ僕のような男に娶《めあわ》せずとも、あちこちから引っ張りだこになるだろうに。

――絶対裏に何かがある。

僕の直感がはっきりとそう告げていた。返答を催促するようにサイモン様をじっと見つめるも、結局何も答えてはもらえなかった。

『あれが望む条件を満たし、かつあれを御《ぎょ》し得る者は――私の知る限りではお前しかいないのだ』

それだけである。ただ、なんとしてでも、問題ありだと思われるマリアージュ姫を僕に引き取らせたいという意気込みだけは強く感じた。

とにかく会ってみてほしい。どうしても無理だったら断ってくれても構わない。

そこまで言われては一旦引き下がるしかない。僕は渋々頷いた。

せめてマリアージュ姫の嗜好《しこう》なりともお教えいただけませんかと食い下がって、姫が茶を好むということを知り得た。

というか、奥方様が茶会を開かれているのはそもそも姫の影響を受けてのことらしい。

帰宅後に外堀が埋められていた事実を聞かされて仰天し、悩んだ末に腹を括《くく》って覚悟を決めた。

僕に流れている血は貴族というよりも商人だ。

本心がどうあれ、儲かるのなら悪魔にでもにこやかに接して品物を売りこむ。

たとえマリアージュ姫が最悪な女性であっても、ルフナー家に害の及ばぬようにあしらってみせなければ。


もし、この縁談が円満に破談になるとすれば、それは姫からの申し出に限る。

僕は一計を案じ、最悪の事態とその対応について考えられるだけ考えると、家人に手配を申しつけて見合いの日に臨《のぞ》んだのだった。


覚悟して訪ねた見合いの一室は、奥方様がわざわざ客人をもてなすための喫茶室として改装なされたというもの。流石《さすが》は裕福な伯爵家と言おうか、贅《ぜい》を尽くした煌《きら》びやかな内装だ。

その中に違和感なく佇《たたず》む着飾った美少女に、僕は一瞬で目を奪われる。

サイモン様の欲目でなく、実際にお会いしたマリアージュ姫は僕の想像以上に愛らしく美しい女性だった。

懸念していた、下位の男に対する侮《あなど》りや嘲《あざけ》りといった高飛車な所も見られない。

癇癪《かんしゃく》どころか穏やかで奥ゆかしく、どちらかと言えば世間知らずの深窓のご令嬢といった風情だ。

いきなりマリー様と呼ぶことを許していただけたのは、つまり……僕のことを一目で気に入ってくださったということで。

花が綻《ほころ》ぶようなマリー様の微笑みに、体中の血が熱くなるようだった。

お見合いという名のお茶会が始まると、僕はいきなり拍子抜けすることになる。

サイモン様が『変わった』と表現した真相を探ろうとご本人に直接訊いてみると、なんのことはない。下級貴族なら別におかしくもない、少女のちょっとした憧れと冒険心が言わせた『普通の馬に乗ってみたい』という小さな我《わ》が儘《まま》だった。

庶民やそれに近い下級貴族なら女性が男勝《まさ》りに店や家を切り盛りしていたり、中には乗馬ができる人もいる。このくらい『お転婆』の内にも入らない。

それなのに変わり者だという評価なのは、サイモン様が婦人たるものこうあれかしという女性像をしっかりとお持ちだからなのだろう。

保守的な方だし、確かに僕自身も、上級貴族の婦人で庶民や下級貴族のような男勝《まさ》りの女性がいるなど聞いたこともなかった。奥方様も嫋《たお》やかで、淑女の中の淑女と言っても過言ではない。

使用人を二人も同伴させた上で更に大人しい馬に乗せるというのは少し過保護すぎる気もするが、目の中に入れても痛くない程マリー様を溺愛していると考えれば納得できる。

マリー様程の女性であれば万が一のことがあって怪我をし、傷でも残れば結婚が難しく――いや、今僕と見合いをしているんだっけか。

結局なぜ自分は選ばれたのか、という疑問に戻ってきてしまった。

逆に考えてみよう。下級貴族の男に嫁《とつ》がせる利点は何があるのだろうか？

男は妻の実家を慮《おもんぱか》って、おいそれと浮気ができなくなる。もちろん嫁いびりなどできようはずもない。現時点で思いつくのはそれぐらいだ。

サイモン様の言葉を思い出す。

『あれが望む条件を満たし、かつあれを御《ぎょ》し得る者』。

……となると、少なくともマリー様自身が、嫁《とつ》ぐなら僕のような男がいいと望んでいることになる。後者はきっとサイモン様の望む条件だろう。

ぐるぐると考えながらも僕はマリー様との会話を楽しんだ。

今日会ったばかりだけれど、感触は悪くない。婚約して、結婚して――マリー様との穏やかで愛に満ち溢《あふ》れる生活さえ思い描けた。

マリー様がなんらかの理由で死んでしまったであろう馬のことで悲しみの表情を作られた時はしまったと慌てたが、うまくデートの約束を取りつけることができた。

疑問を解き明かしたいという気持ちもある。

だけど、マリー様のことをもっと知りたいという気持ちのほうが遥かに勝《まさ》るようになった。

帰る間際になって、マリー様を試してみようと、僕は例の価値のない茶葉を渡してみた。

いくらマリー様が取り繕《つくろ》うのがうまかったとしても、ゴミを渡されたら不快な感情は大なり小なり顔に浮かぶだろう。お茶好きなら尚更。

しかし結果はまったく僕の予想外だった。

マリー様は怒るどころかそれを欲しいと、素晴らしい贈り物だとさえ言い――更には『ミルクティー』という価値あるものを生みだしてしまったのだ。

世界が、反転した。

なんてことだ、と思った。

正しくマリー様はお茶好きだった。僕の目にはゴミに映っていたものに、マリー様は宝物としての価値を見いだしていたのだ。

試すつもりが、反対に、商人としての己《おのれ》の愚かさと未熟さを突きつけられてしまうとは。

直感で思う。マリー様はこの飲み方を知っていたに違いない。侍女に指示するのにも迷いが一切なかった。

茶葉を仕入れる中でいろいろなことを見聞きしている僕でも知らなかった知識。深窓のご令嬢である彼女は一体どこでそれを知ったのだろう。

その異質さに気付いた時、僕の脳裏にある確信めいた推測が過《よぎ》った。

マリー様を御《ぎょ》せる——僕がサイモン様に選ばれたのは、だからなのか。

たいてい貴族というものは保守的であり、異質な存在に慣れていない。上級貴族なら尚更だ。

その点、貴族と言っても商人上がりで、外国の商人達とも交易を行ってきたルフナー家は違う。

きっとそれが理由の一つだろう。そう考えると妙に納得した。

マリー様の前を辞し、喫茶室から出るとサイモン様に連れられて別室に通される。見届け役だったのだろう、ミルクティーを用意した侍女も同行していた。

心配そうな表情の奥方様がソファーに座っていらっしゃったので、にこやかにご挨拶をする。

サイモン様に促され、僕は対面のソファーに座った。

「さて、グレイ。マリアージュとの婚約を受けるかどうか、聞かせてもらおうか」

答えなんてもう決まってる。

第二章

一

お見合いの日から早一週間。

時が経つのは実に早い。そして私の起床時間も早い。

私のようなニートが農家並みに早起きしているのは意外に思われるかも知れないが、種を明かすと、この世界は現代人が夜更かしできるほどの娯楽がないのである。実に退屈だ。

ただ、今日ばかりは少し気合を入れている。というのも、いよいよグレイとのデート当日であるからだ。

お見合いの次の日にはルフナー子爵家から使いがやってきて、日程調整や具体的な擦り合わせなどデートの計画を決めていたようだ。

デートと言っても今の私はお貴族様。なので前世のような気軽に二人きりのそれではなく、使用人という第三者がついてくる。

なんという公開処刑仕様。まるで囚人のデートだ。おちおちキスもできないし、既成事実を作るためにどこぞへ連れこむなんてのも無理である。

シャッと音を立ててカーテンを開けると、鮮やかな朝焼けが目に飛びこんできた。そのままぼーっとしていると、ノックの音が響く。

「おはようございます」

いつものことなので許可は出さない。侍女のサリーナもそのまま部屋に入ってくる。

鏡台に座ると、彼女が持ってきたぬるま湯で顔を優しく拭われた。それが済むと髪をくしけずられ、簡単に結われる。

そして活動着に着替えた。朝の日課があるので、朝食が終わってからデートの装いに改めるのだ。コルセットは使わない。

というのも、私の活動着はエンパイアラインのプリンセスロングワンピース。魔法にかけられた系御伽噺《おとぎばなし》のヒロインがカーテンから作って着ていたようなやつだ。

バロックやロココ系のドレスが主流である中、前世の歴史からすれば時代を先取りしているのである。ママンや姉達にも高評価だった。……本当はステテコにTシャツが良かったのだが、流石《さすが》に両親が卒倒するので自重した。

活動着は運動するための服なので、ワンピースの下にはもちろんスパッツと靴下をしっかり着用している。

「馬を持てぃ！」

準備を終えてサリーナと共に庭に出ると、時代劇の将軍のように叫んでパンパンと両手を鳴らす。

「ははっ」

「ただ今」

待機していた庭師（最近見習いを卒業して晴れて正式に庭師となった）ヨハンとシュテファン兄弟がテキパキと馬の準備を行う。

鞭《むち》を受け取って馬に跨《また》がると、私はぴしりと胴体を打った。

「本日はブルーベリー園をぐるりと回って池へ！　ハイよー！」

「ぶひひーん！」

前脚である兄のヨハン、棒読みだが妙な所で芸が細かい。

構造上、棹立《さおだ》ちは流石《さすが》にできないが、息がぴったりと合った前脚《ヨハン》と後ろ脚《シュテファン》は足並みを揃《そろ》えて駆けだした。これがなかなかに速い。

一方サリーナは一直線に池のほうへ歩き出す。

屋敷と池は近い。こちらは回り道なので、到着時刻は大体同じである。

貴族の屋敷は大抵水源のある小高い丘の中腹に建てられることが多い。人は水なしには生きてはいけないし、屋敷にいる人数分の水を賄《まかな》わなければならない。敷地内に池や湖があるのは、水確保のためだ。

ぐるりと巡った果樹園のブルーベリーがそろそろ食べ頃だったなぁと思い返しながら、池の畔《ほとり》で伸びを一つ。

馬の脚共——庭師の二人は、サリーナから受け取った濡れ手拭いで汗を拭きながら、少し離れたところで休憩中だ。この後彼らは本業の庭仕事に向かい、私達は歩いて帰ることになっている。

池にはさまざまな鳥がやってきていた。

私が餌《えさ》やりを日課にしてから数が増えた上、どいつもこいつも結構大胆になってきている。鳥の世界で餌《えさ》食べ放題だのと口コミが広がっているに違いない。特にあの、今水浴びをしている青い小鳥が呟きまくって拡散しているんだろう、きっと。

私がサリーナから袋を受け取ると、戦闘開始とばかりにじりじりと距離を詰めてくる。

鳥の餌《えさ》に回すために取ってあるパンくずや野菜くずが入った袋に手を突っこんだ。

今日はどういう設定で行こうか。

私はしばし考え、設定を決めると息を大きく吸いこんだ。

「お恵みですわぁ、愚民共ぉぉぉ——！」

掌《てのひら》に目いっぱい握った餌《えさ》を、土俵入りの力士が塩を撒《ま》くようにバッと景気良く鳥達に投げつける。

グワッグワッ、ピギャーピギャーと大騒ぎしながら、大きなものから小さなものまで何十羽もの鳥が餌《えさ》にわっと群がった。

「おーっほっほっほっほっ、そーれそれそれそれ！　貧民共よ、浅ましく我先にと争って奪い合うがいいわぁ！」

ああ、心の何かが満たされる。餌《えさ》を大盤振る舞いするのは実に気分がいい。中には飛びながらキャッチする猛者《もさ》もいてテンションが上がる。

侍女のサリーナが能面のような無表情になり、庭師兄弟が妙な性癖でもあるのか顔を赤らめてハァハァしているのは気にしたら負けだ。

餌《えさ》を全部やり終えてしまうと、私は爽快な気分になった。

礼儀作法やコルセット、家庭教師の授業等……令嬢生活を真面目にこなしていると、窮屈《きゅうくつ》で、ストレスが溜まって仕方がない。

鳥に餌《えさ》をやる習慣は誰も不幸にならないし、カタルシス効果抜群だ！　人間相手と違ってコンプライアンスにも引っかからないからな。

ちなみに餌《えさ》をやる時のキャラ設定はその日によっていろいろと変わる。

私はふっと息を吐いてそそくさと身なりを整えると、楚々《そそ》とした伯爵令嬢の仮面を被った。

「さぁ、戻りましょうか。朝ごはんは何かしら？」

初デートだからしっかり食べておかないと。そうだ、今日のデートで先日くれるはずだった茶葉ももらえるはずだ。

楽しみなことを思い出した私は上機嫌で鼻歌を歌い、スキップしながら屋敷へ戻ったのだった。

朝食を終え、デート用にめかしこんだ私。

グレイの馬に乗せてもらう予定なので、乗馬用ドレスに揃《そろ》いの女性用ウエストコートという出で立ちである。

ちなみにこれらの装いはルフナー子爵家から贈られたものだ。一週間でこれだけの豪華な服を用意できる財力よ。

コートは男性用のものがベースになっているので、ポケットなども付いていて野外活動に便利。胸元は紐《ひも》を絞《しぼ》り、上からレースのクラヴァットをして隠している。コートの上から房《ふさ》の付いたサッシュベルトを締めて女性らしさを演出。つばが大きく羽飾りの付いた日除け帽子を被り、完成。活動するので今日ばかりはコルセットも緩めである。

私はヴァイオレットの花に関する歌を歌いながら、前世で有名だった歌劇団の気分で、赤絨毯《じゅうたん》の敷かれた伯爵邸のエントランスへの大階段を軽やかに下りていく。

始まったばかりなのに気分はすでにグランドフィナーレだ。

と、私を迎えに来て待ってくれていた階下のグレイと目が合う。鮮やかなグリーンの瞳が小春日のように微笑んだ。それに誘われるように自然、私の足が速まる。

「おはようございます、グレイ様！　一週間ぶりですわね。この日を指折り数えて楽しみにしておりましたの。本日はどうぞよしなに、私の王子様」

少しおどけながらカーテシーをすると、グレイもノってきて、王子様のように膝をついて手を差しだしてくれた。

「私も待ち遠しかったです。マリアージュ姫と一緒に馬に乗る夢まで見ましたよ。乗馬服、とってもお似合いです。今日もお美しいですね」

「まぁ、グレイ様ったら」

和やかに会話を楽しみながら、エスコートされて玄関を出る。キャンディ伯爵家の馬留めには、立派な体躯《たいく》の茶色い馬が待っていた。

少し離れた場所に馬車があり、使用人達が荷物を積みこんでいるのが見える。彼らは私達がタンデムする馬の後をついて来ることになっていた。

「マリー様、こいつが私の馬です。父が厳選して贈ってくれたのですが、とても人懐っこいですよ」

私を馬の近くまで案内してくれるグレイ。彼の言う通り、優しい目がこちらを見返してきた。馬好きな私は思わず微笑む。

「まぁ、利発そうな良い馬ですわね。名前はなんと？」

「名前は付けていないのです。この馬の育種家《いくしゅか》のウバという男がその道の名人で、こいつもそのままウバと呼んでいます。騎士の方なら名付けるのが普通みたいですね」

グレイの言葉に私はなるほどと思った。

移動手段としての馬。それに名付けるということは、自家用車にわざわざ名前を付けるような感覚なのだろう。

それはさておき。

「じっくり見せていただいても？」

「どうぞ。ただ後ろには立たないようにお気を付けて」

使用人の準備が整う間、私は馬を観察していた。

毛艶も良く、尻や太腿《ふともも》の筋肉は発達している。長腹短背《ちょうふくたんぱい》の走るための馬で、脚の筋肉や管《かん》と繋《つなぎ》の角度や長さ、屈腱《くっけん》の発達状態、首差しの角度・長さ・太さも悪くない。そして、何より顔が良い馬っぷり——

非常にマニアックな熱心さで変質者さながら馬を舐《な》めまわすように見つめる私に何を思ったのか、グレイがふっと息を吐いた。

「生憎《あいにく》、私の馬はご覧の通りただの普通の鹿毛《かげ》で、物語の王子様のような白馬とはいかないのですが……」

しかしグレイの言葉は私の耳を素通りしていた。

額にいただく白い曲星《きょくせい》。その上、左前脚一本を除いてすべて白靴下になっていることに気付いてしまった私は、深い衝撃を受けてそれどころじゃなかったからだ。

「……マリー様？」

鹿毛《かげ》でこの配色……かの伝説の名馬のそれと全く同じではないか！

私はかっと目を見開いた。首をぐりんと回してグレイにまくし立てる。

「ただの普通の馬ですって!? そんなことはありませんわっ！ 鉄板軸馬《てっぱんじくうま》で単勝百万を買えそうな素晴らしい馬っぷりなのに！」

大体なぁ、王子様の乗る白馬ってだけでＧ１レース勝てるんだったら世話ねぇんだよ！

「は？」

グレイの顔が引きつった。それを見てはっと我に返る。

やべ、パドックにいる耳に赤鉛筆を挟んだヤニ臭い競馬玄人《くろうと》オヤジみたいな台詞《せりふ》を言ってしまった。

慌てて首を振りながら、乙女のように胸の前で両手を組んで言い募る。

「い、いえっ、よく走りそうな素晴らしいお馬だと言いたかったのです！ 物語の王子様の乗るようなただの白馬よりも、私はずっとずっとこの子のほうが好きですわ。素敵な名馬だって思うんですの！ きっと、走るというより飛ぶような乗り心地なのでしょうね」

今の私はお姫様、今の私はお姫様……自己暗示をかけながら全身全霊の微笑みを浮かべて誤魔化《ごまか》す。グレイはなんとか騙されてくれたようで、苦笑いを浮かべた。

「ありがとうございます。マリー様に気に入ってもらえてこのウバも喜んでいることでしょう。……そうだ、マリー様。こいつに名前を付けてやってくれませんか？」

「えっ、いいのですか？ そのような恐れ多い役目を……」

私は思わず両手で頬を挟んだ。まるで宝くじが当たったような気持ちである。

きっとこの子はかの名馬の生まれ変わりに違いない。あまりにもそっくりだもの。私だって転生しているし。

でも、私なんかが名付けをしていいのだろうか。

「もとよりなかった名です。マリー様に名付けていただければ本望でしょう」

なんと！

「あ、ありがとうございます、グレイ様！　とっても嬉しい！　私、頑張って良い名前を考えますわね！」

「ははは、楽しみにしております――さぁ、マリー様」

グレイは鐙《あぶみ》に足をかけ、ひらりと馬に飛び乗った。馬には二人乗り用の鞍《くら》が取りつけられていて、彼は後ろに跨《また》がっている。

使用人達がいつの間にか踏み台を用意してくれていた。慌ててその上に登り、差しだされたグレイの手を取って空いた前の席に跨《また》がる。手綱はグレイが握っているため、スカートの皺《しわ》を整えると、私は前にある鞍《くら》に付いた突起を握った。

突起は真ん中じゃなくやや左寄りで上下にある。右手は自由にってことかな。下の突起で左太腿《ふともも》はしっかり支えられてるし、振り落とされることはなさそう。

まぁいいか。これで、ヨシ！

心の中で指差し確認していると、後ろからなんとなく戸惑いの気配を感じた。

「……グレイ様？」

視界の端に入った侍女サリーナが慌てた様子で口をパクパクさせ、自分の足を指さしている。

ん？　何が言いたいんだろう。

「……いえ、なんでもありません。侍女の方、大丈夫ですよ。出発しましょうか」

何か問題があったのだろうか。

彼女の意図を汲み取る間もなく、グレイが馬の腹を軽く蹴った。素直に歩きだす馬。やっぱり本物はいい。三冠顕彰馬《さんかんけんしょうば》とそっくりなら尚更だ。

馬の名前は何にしようかなとうきうきと考えながら、出発してしばらく。そういえば右側の鐙《あぶみ》がないなぁーと、ぷらぷら揺れる足を不思議に思う。

軽快に歩く馬が伯爵家の敷地の門に差しかかった時。先程のグレイの態度と焦っていたサリーナの意味に気付いて、私は「あっ」と声を上げてしまった。

横乗りーっ！　あーっ！　ああああああーっ!!

何かおかしいと思ってたんだよ、鐙《あぶみ》は片方だけで正解だよ！　やらかしたぁぁぁぁ！

『淑女が殿方に馬に乗せていただく時は、決まって横乗りでございます。サイドサドルという鞍《くら》には、このような横乗り用の突起があり、女性はこれに右脚を、このように上側にひっかけて優雅に座るのでございます。左足は鐙《あぶみ》に乗せ、このように下側で固定しましょう。よろしいですか、女性が跨《また》っていいのはポニーだけ。馬に乗せていただく場合、原則横乗り。決して子供や殿方のように跨《また》ってはいけませんよ――』

鞍《くら》を掲げて目の前で実演してくれたマナー講師の言葉がぐわんぐわんと頭に響く。

その時は自分には関係ないことだと神妙な顔をして適当に聞き流していた上、お堅いマナー講師のハイミスに「殿方に跨《また》るのは許されるんですかー？」とエロオヤジのようなセクハラ質問をしてみたい気持ちと葛藤《かっとう》していたが……まさかそれがこんな形で仇《あだ》となるとは。

しかし時すでに遅し。

何が「これで、ヨシ！」だよ自分！　と罵《ののし》っても後の祭りである。

いつもの癖で疑問にすら思わず思いっきり跨《また》ってしまった、どうしよう。

私は内心頭を抱える。懊悩《おうのう》していると、グレイが「どうかなさいましたか？」と声をかけてきた。

「すみません、グレイ様……あの、私、殿方に馬に乗せていただいたことがあまりなかったもので……。使用人達の付き添いで乗せてもらったのも子供の頃でしたし。ついポニーに乗るようにしてしまって……恥ずかしいですわ」

頬を熱くしていると、グレイは「私はマナー講師ではありませんし、お気になさらずに」とクスクス笑っている。

「今後はお互い取り繕《つくろ》うのはやめにしましょう、マリー様。なんと言っても私達は婚約したのですから、遠慮は不要です」

「そうですわね。私達はゆくゆくは結婚し、一生を共にするのですもの」

包容力のある男だ。実に好ましい。

しかしそう思いながらも、その言葉を馬鹿正直に信じて素の自分を全て開陳《かいちん》する気は毛頭なかった。

前世で言うなら、ナチュラルメイクが好きと言う男は大抵ナチュラル風のがっつりメイクが好きなのである。

ダディサイモンは言った。猫を被り、最低限言葉遣いさえきちんとしていれば、後はお前の面《つら》の皮の厚さでどうにかなるだろう、と。

ママンティヴィーナは言った。困った時はとりあえず鷹揚《おうよう》に構えてニコニコしているだけで、大抵のことは周りがなんとかしてくれる、と。

うむ。この際、多少の失敗は仕方ない。完璧主義は身を滅ぼす。

開き直った私は、父母の教えだけを胸にデートを楽しむことにした。

下手に肩肘張らないほうが案外とっとと距離を詰めて最短でゴールインできるかも……多少グイグイ行ってみるか、と方針を微修正。

「結婚すればグレイ様は旦那様ですわね。私のことはマリーと呼び捨ててくださいまし」

「では、私のこともグレイとだけ。未来の奥様」

「ええ、グレイ。それにしても今日はとても良い天気、まさにピクニック日和ですわ。お昼は期待していてくださいまし。私が考えたレシピで作らせましたの」

「マリーがレシピを？」

「忙しい父や兄のために手軽に食べられるものはないかと考えてみまして。それを料理人が形にしてくれたのですわ。カトラリーを使わず手で食べるので、少しお行儀が悪いかも知れませんけれど」

「遠い異国では手で食事をするところもあると聞いたことがあります。どんなものか楽しみですね」

「うふふ、期待していてくださいましね」

和やかに話している間にも馬は進んでいく。私は王都郊外の景色を楽しんだ。

川辺にある水車小屋、農村地帯、春の新緑に染まる耕作地。遠くには王都の城壁と森、道を行き交う人々が見える。令嬢生活では滅多に敷地外に出ないので新鮮だった。

会話が途切れると、私は上機嫌で鼻歌を歌う。原曲そのままでは差しさわりがあるのでわざと優しく穏やかな旋律にしているが、脳内ではちゃんと原曲が流れている。

『肉屋！　レントシーカー！　死ね！

肉屋！　奴隷政商！　死ね！

肉屋！　偽装保守共！　死ね！』

前世でファンだったデスメタルバンドの曲だ。懐かしい。

脳内のヴォーカルがファンに向かってだみ声で「行くぜ、豚共ォ！」と叫ぶ。

『肉屋を支持する豚共ォ～♪　肉屋を支持する豚共ォ～♪

奴隷にされても豚共ォ～♪　殺されかけても豚共ォ～♪

思考放棄の豚共ォ～♪　永遠に目覚めぬ豚共ォ～♪』

サビの部分で気分が盛り上がったので、コルナサインを繰りだし――かけたところでグレイに声をかけられた。

「聞いたことのない、独特な旋律ですね。でも良い曲です。なんという曲なんですか？」

マジか。彼らの魂《ソウル》が通用するなんて。グレイ、君には見所があるかもな。

前世で女友達を彼らのライブに連れていったことがあったが、彼らは女性ファンに「雌豚ァ！」と呼びかけるものだから結局理解はしてもらえなかった。

そういうことがあったから、自分の大好きだったバンドを認めてもらえたようで嬉しい。

けど……正直に『擬似《ぎじ》民主主義～肉屋を支持する豚共～』というタイトルだなんて口が裂けても言えない。

「私が勝手に作った曲なんです。可愛い子豚さんの物語を読んだので、それをイメージして」

以前読んだ絵本を思い出す。こちらの世界にも三匹の子豚に似た物語があったのはラッキーだった。うふふっと笑うとグレイもクスクスと笑う。

「あぁ、あの物語ですね。僕も読みました。一番末の子豚が賢いんですよね」

「私は狼の肺活量に気を取られましたわ。家を吹き飛ばすなんてどれだけ凄《すご》いのかしらって」

グレイは私の返答がツボに入ったようで、触れ合った背中から揺れが伝わってくる。やがて声を上げて笑いだした。ウケて何より、うんうん。

それよりも。

「グレイは本当は『僕』という一人称を使っていますのね」

「あっ、バレてしまいましたか」

「私もおっちょこちょいでお転婆なことがバレてしまってますわよ」

そんな感じでだんだんと打ち解け合いながら、私達はやがてとある場所に辿りついた。

「わぁ、綺麗……」

林に囲まれるようにして目の前に広がっている一面のラベンダー畑。

人為的に栽培されているのだろう、ランダムではなくきちんと畝《うね》に沿って生えている。広い畑の向こうには大きな建物。恐らく、そこに住む人達が世話をしていると思われる。

北海道富良野《ふらの》のラベンダー畑もこのような感じだったのだろうか。

いつか行きたいと思っていたけど前世ではついぞ行けなかったので、とても嬉しい。

息を大きく吸いこむと、ラベンダーの爽やかな香りが胸いっぱいに広がった。鮮やかな紫の海に、思わず「なんて素敵な場所！」と溜息が出てしまう。

「良かった。今の季節で僕が一番美しいと思っている場所なんです。実は祖父の代からの出資で栽培していて……」

グレイが語ったところによると、奥に見える大きな建物の正体は修道院であり、キーマン商会からの出資を受けてラベンダー栽培が始まったらしい。

キーマン商会が外国から取り入れた精製技術で作ったラベンダーの精油は品質が良く、髪を美しくする整髪料として富裕層に高く売れるのだとか。そういえばママンも使っていた気がする。

「……精油の他にも、ラベンダーは芳香剤《ほうこうざい》、防虫・虫除け、臭《にお》い消し、薬としての用途に使われます。需要には事欠かないのですよ。ポプリを袋に詰めたりする簡単な作業は、教会で面倒を見ている貧しい寡婦《かふ》や孤児達の仕事にもなっていますね」

「まぁ、仕事があるのは寄る辺ない人々にとってなんとも心強いことですわね。徳を積むのは良いことですわ。いろいろと考えてらっしゃるのね」

グレイの得意げな言葉に私は感心して頷いた。感心したのはもちろん慈善事業について――ではなく、ルフナー子爵家が教会とのパイプもがっちりだという事実のほうである。

教会側もラベンダー利権の旨味でルフナー家の後見についているという構造になっているのだろう。

恐らく修道院では栽培と簡単な加工のみをしていて、大きな利益を生む精油の精製技術についてはキーマン商会が秘匿《ひとく》しているに違いない。修道院だけで精油技術まで全て自前で賄《まかな》えるなら、キーマン商会は即行ポイされるだろうし。

王国内には教会との太い繋がりを欲する商人はいくらでもいるのだから。

馬車から降りてきた使用人がピクニックの準備を始めた。踏み台が運ばれ、私も助けを借りて馬から降ろしてもらう。

グレイも馬を降りると、「マリー、少しだけここで待っていてください。一言挨拶してきますので」と修道院のほうに駆けだしていった。

ここトラス王国は一神教に近い、太陽神ソルヘリオスを中心とした宗教を国教としている。

一応他の神々もいて多神教という形だが、他の神々は細々とした信仰を残して、等しく太陽神の下に列せられていた。

ギリシャのゼウス信仰や古代エジプトのアテン信仰に似て、トラス王国が成立するより遥かな昔にあったという大帝国の頃に成り立った宗教だろうと私は考えている。

洗礼を受けた時に授与された『神聖にして偉大なる太陽神ソルヘリオス経典』——通称『聖典』。聖書を思わせるそれを穿《うが》った目で読んでいくと、民族の侵略・統合の歴史をうっすらと垣間見《かいまみ》られて面白かった。

伯爵家敷地内にある小さな聖堂で定期的に祈りの場が設《もう》けられるのだが、長々と続く儀式や修道士の説教は実に退屈でつまらなかった。故に私は頭《こうべ》を垂れ敬虔《けいけん》に聞くふりをして、こそこそと聖典の読書に勤《いそ》しんでいたのである。

何度目かで修道士に見つかって注意されたが、熱心に聖典を読んでいたこと自体は良いことですと無罪放免になった。

……聖書におけるエゼキエル書第二十三章のような部分を見つけてしまって特に念入りに読みこんでいたという事実は墓場まで持っていこう。

私の冒涜的《ぼうとくてき》で不真面目な態度はさておき。

かつての大帝国はいくつかの国に分裂したが、このトラス王国もその一つ。

王の戴冠《たいかん》は大抵高位聖職者の手によってなされる。古《いにしえ》の皇帝の血筋を引く王は、神によって正当なる王権を保障されているのだ、と権威付けている構図があるのだ。もちろん、太陽神関連の行事や儀式も当たり前のように行われていて生活に根付き、習慣化している。

力による支配ではなく、聖典で理性に訴えかけ、神聖儀式で感情に訴えかけて、権力を正当化する。

前世でそういう理論を学んだことがあったが、ここでもそれらはしっかりと作用しており、国民による自発的な権威への服従を生みだしているのである。

そう、王の権威付けをする機関である教会は強い。古今東西、宗教と政治権力とは切っても切れない間柄だ。

それに加えて、医療は修道士や修道女の管轄《かんかつ》。正式な医者は教会で教育されるものであり、彼らは大抵宗教者としての顔も持っている。

地球でかつて修道院が薬草を栽培研究していたように、こちらでも医療・製薬利権は教会がほぼほぼ独占している。

そらぁおめぇ、医者・病院・製薬会社と来りゃあもう莫大《ばくだい》な金が動いてがっぽり大もう……おっと誰か来たようだ。

闇深い話はさておき、とにかく宗教関係が味方というのは非常に強いのである。

強い、強いぞルフナー子爵家。

私のニートゴロたん生活も盤石《ばんじゃく》、安泰だ！

興奮に手を握りしめながら、建物の裏口あたりでグレイと修道士らしき男がやりとりしているのを眺める。

やり手だわー。

お見合いの後、グレイについてダディに聞きまくっていろいろ教えてもらったけど、祖父から代々順調に身分的逆玉婚をしてきたっていうのも頷ける。

グレイの兄も、血筋や身分が云々《うんぬん》などの横槍《よこやり》なくすんなりと伯爵家との婚姻が成立したという。ルフナー子爵家の台頭を警戒した他の伯爵家や子爵家、ライバル商会からの邪魔ががっつり入りそうなものだが、そうならなかったのはひとえにこのラベンダー畑が繋ぐ教会とのご縁の賜物《たまもの》なのだろう。

そっとラベンダーの花に顔を近づけて香りを楽しんでみる。

うん、良い香り。

ピクニックのデートコースとしてここを選ぶなんて。グレイもまたやり手の祖父の血を引いているのだろう。内心舌を巻いている。

まず、長い付き合いのある修道院を選んでいるのは危機管理能力があるということ。よく知らない場所だったら、万が一変質者とかならず者が出た時の対処が難しい。

プラス、私のことも慮《おもんぱか》ってくれているのが分かる。修道院が近くにあるということはトイレ場所に困らないからだ。

これは非常に助かるし高評価。グレイの好感度はうなぎ登り。

外出先のトイレ事情は、特にうら若き深窓の貴族令嬢にとっては重要なのである。

使用人達が馬車にドレス用のおまるを積んできているはずだからどこでも用を足すことはできるだろうが、それでも私のような前世持ちからすれば、野外でするのと建物の中でするのとじゃ気分的に大違いだからな。

ちなみに本日の下着は外出ということでゆったりとしたドロワーズタイプだ。前世で聞いた股割れズボン程ではないが、しゃがめばパカリと開いてしまうエロ下着仕様。

つまりどこでも用を足せてしまう画期的なものである。

そしておまるは私の発案でおがくずを入れたバイオトイレ仕様で、捨てても臭《にお》いづらく肥料になりやすい。

こちらではオーバーテクノロジーなこれはスプリングマットと同じく家族内で広まり、臭気が減ったと好評を博している。

閑話休題。

この世界の貴族のトイレ事情は、地球の中世ヨーロッパの貴族のそれに近い。結構粗野……サバイバル仕様だと思う。

もしかしたら淑女たる我がママンや姉達も案外王宮とかで「ちょっとお花摘みに行ってきますわ〜」とか言って、平気でお庭で処理ぐらいはしてるかも知れない。

お花摘み、ワイルド過ぎるぜぇ。


ピクニックの準備が整ったところでグレイが戻ってきたので、昼食が始まった。私が作らせて持ってきたのはサンドイッチ——ではなく、ハンバーガーとフライドポテト。

男だし、お上品なサンドイッチなんかじゃ腹は膨れないだろう。

使用人が水を汲んできたので、石鹸《せっけん》（※高級品。マルセイユ石鹸《せっけん》に似たものが存在している）で手を洗う。

私が手渡したハンバーガーを一口食べたグレイは「美味《うま》い！」と驚いたように目を見開いた。

「へぇ、これはいいですね。手軽に食べられますし。小さなミートローフとチーズに野菜。酸味のある卵のペーストと赤いソースも合う。野菜が苦手な人もこれなら食べやすいと思います。キャンディ伯爵家の柔らかいパンだからこそできる贅沢《ぜいたく》ですね」

赤いソースはケチャップである。

この世界のトマトはざっと百年程前に探検家が新大陸から持ちこんできたらしいが、可哀そうに、『血呪《けつじゅ》の果実』だと中二病臭い名前を付けられ忌《い》み嫌われていた。

もちろんそんなことはないと体を張って証明したのは私——と言いたいところだが、後ろ脚《シュテファン》である。私が口に入れようとしたのを、自分が食べて証明すると慌てて奪い取ったのだ。

マヨネーズは流石《さすが》にサルモネラ菌が怖くて作れなかったが、代わりにゆで卵を潰して酢を絡めたものを使っている。

柔らかいパンは酵母パン。

うちに来たお客さんには大抵驚かれる。使用人達の多大な試行錯誤と苦労と犠牲の上に、酵母パンは完成された。前世の母が自家製酵母のパンを焼いていたことに感謝しかない。

パンもケチャップも、ダディによってキャンディ伯爵家の機密事項となっている。

「グレイのお口に合って嬉しいですわ。小さなミートローフはハンバーグと言いまして、これはハンバーグを挟んでいるのでハンバーガーという名前の料理なんですの」

「これも美味しい。芋を切って揚げただけなのに。この絶妙な塩味もいいですね。病みつきになりそうだ」

「フライドポテトですわね。出来立てだともっと美味しいんですの。次は是非出来立てを召し上がっていただきたいわ」

「それは楽しみです」

グレイは余程ハンバーガーが気に入ったのか、口元にケチャップを付けて夢中になって食べていた。

その様子は年相応で、とても大商会を取り仕切るやり手の御曹司には見えない。やはりまだ十六歳の男の子なんだなぁと思う。

こうして見ると、かわいいなぁ。

ふと悪戯心《いたずらごころ》が湧いて指を伸ばした。

グレイの口元のケチャップを優しく拭うと、自分の唇に運んでペロリと舐《な》める。

呆然としていたグレイの顔が、トマトのように真っ赤になった。

◇◆◇

あの日から一週間。今日はマリー様との初めてのデートの日だ。

飛ぶ鳥を落とす勢いのキャンディ伯爵家のご令嬢をお誘いするのだ。ルフナー子爵家の、キーマン商会の全力を挙げて準備をしてきた。

特に、前もってマリー様に贈った乗馬服は、何人ものお針子を動員させて作り上げた逸品である。

双方の使用人を交え、デート先の選定をはじめ当日の食事や護衛等の手配――何度か擦り合わせを行い、事細かに計画された。

キャンディ伯爵家は裕福な力ある貴族であり、その深窓の令嬢が今回のような形で外に出るなんて、盗賊やならず者に襲ってくださいと言っているようなものだ。

サイモン様は護衛に関しては伯爵家が手配すると言ってくださったが、僕の家からも使用人に扮《ふん》した手練《てだ》れを用意することにした。

もちろん当日――今日も気は抜けない。マリー様をお待たせしないようにと早めに伯爵家に向かい、エントランスで彼女を待つ。使用人によれば、マリー様の支度はもう少しかかるようだ。

飾られている絵画や彫刻を何となしに眺めていると、背後に誰かの気配。振り向くと、キャンディ伯爵家の跡継ぎであるトーマス様が立っていた。

緊張が体に走る。僕はなぜかトーマス様にあまり良く思われていない。

あからさまに無視されたり嫌味を言われたりすることはないが、サイモン様と一緒にいる僕のことを邪魔だと思っている雰囲気はバシバシ感じていた。

「早いな」

僕は内心驚いた。なぜなら、これまでトーマス様から話しかけられることなどなかったからだ。

トーマス様はしばらく僕をじっと見つめ、気まずそうに頬を掻《か》く。

「ええと、これまですまなかった。正直、私は父に目をかけられているお前のことが疎《うと》ましかったのだ。だが、今後は家族に――義弟になるんだものな。いろいろと……本当にいろいろと大変だろうが、妹をよろしく頼む。くれぐれも逃げてくれるなよ？」

そうして、労《いた》わるように肩をポンと叩かれる。

これまでずっと嫌われていると思っていたのになんということだろう。謝罪もそうだが、その内容にも更に驚いた。

態度を一変させる程、トーマス様はマリー様のことを大事に思っているということか。

妹を心配する兄の台詞《せりふ》そのものであるのに、なぜ憐れみにも似た表情を浮かべているのだろう。

逃げるなとは、他の貴族達からの妬《ねた》みやっかみに負けるなということだろうか。

確かに風当たりは強くなるに違いない。

いろいろと不思議に思ったが、僕はひとまずトーマス様の謝罪を受けることにした。

妹想いで僕のような者にも素直に謝罪できる方だ、きっと素晴らしい当主になられるだろう。

マリー様を娶《めと》ることで発生する諸々に対する覚悟なんてとうにできていることだし。

そう考え、トーマス様を安心させるように僕は微笑んだ。

「キャンディ伯爵家のご令嬢を娶《めと》るとなれば、心ないやっかみや嫉妬に晒《さら》され風当たりは強くなることでしょう。しかし安心してください、私は逃げません。マリー様を妻にできるのならば、どんな苦労も厭《いと》いません。家族というお言葉、ありがたく頂戴《ちょうだい》致します。貴方《あなた》様がサイモン様の跡を継がれた時は、微力ながら家族としてお力になりましょう」

「え、ああ、うん――そういうことにしておこうか」

トーマス様は微妙な表情で頷いた。

もしかして、風当り云々《うんぬん》ではなく、彼女の異質性について言っていたのだろうか。

僕は「大丈夫です、すべてお任せください」と請け負う。

ちらちらとこちらを気にしながら去っていくトーマス様を見送りながら考えた。

サイモン様にお聞きした、キャンディ伯爵家にある画期的な発明——ベッドのマットレスや臭気の少ないおまる、美食のレシピ、僕が助言を求められた株式という新しい制度。

それらがすべて彼女が考えだしたものだと知った時は衝撃を覚えたものだ。

このことが外へ漏れれば、マリー様は間違いなく良からぬ存在に狙われる。

その異質性は善悪どちらにも受け取られ得るもの。秘して守られるべきものだ。

……独自に馬車や船を所有しているキーマン商会であれば、いざという時マリー様を守り抜ける。

そう、言外にサイモン様は仰《おっしゃ》った。

逃げる？　馬鹿な。

そもそも婚約を承諾してしまっているから、逃げようにも逃げられない。

何より、僕は彼女に惹かれている。


ふと、響いてくる美しい女性の歌声に気づく。

彼女が階段の踊り場に現れた時、呼吸が止まった。贈ったラベンダー色の乗馬服がよく似合っている。その蜜色の瞳が僕を認めた瞬間、ぱっと光輝いたように見えた。

翼が生えたように軽やかに駆けてきたマリー様が僕を王子様と呼んでくれる。

本物の姫君である彼女とは違って僕は紛《まが》い物だけれども――望まれるならいくらでも王子様を演じよう。

マリー様は今日も美しい。

こんな黄金の女神のような女性が僕の婚約者だなんて、夢みたいだ。

出発まで時間があったので、馬が好きだと言う彼女に自分の馬を見せる。マリー様はじっくりと観察しているようだった。

横顔を見ると少し眉を顰《ひそ》めている。失望させてしまったのだろうか。

王子様の乗る馬はいつだって白馬だ。御伽噺《おとぎばなし》にも大抵白馬が出てくるものだし。

慣れた自分の馬ではなく、白馬で来るべきだったか。

自分も馬も王子様のようにはいかないと自嘲し、溜息を吐く。

しかしマリー様がすぐさまそれは違う、これは素晴らしい馬で白馬よりも僕の馬のほうがずっと好きだと、凄《すご》い剣幕でまくし立てた。

言っていることの半分も分からなかったが、とにかく僕が気落ちしないようにと気遣ってくださっているのは理解できた。心優しい女性だ。

マリー様は自分の馬を持つことは許されていないようだったので、代わりに僕の馬を可愛がってくれたらと思う。

名付けを任せたのは、馬の所有権を半分彼女に捧げるようなものだ。

サイモン様にデートで馬に乗る許可を得に行った時、馬には二人乗りでという条件で許された。

今後またマリー様と乗馬する時には、この馬に乗ることになるだろう。

そういう意味でも、僕の馬はこれから二人の馬になる。甘美な響きだ。

ただ、ちょっとした発見もあった。マリー様は僕が思うよりもお転婆のようだ。

侍女の慌てっぷりにも気付かず出発し、途中で自分の座り方に気付いて慌てふためく彼女が凄《すご》く微笑ましかった。

こんな可愛いマリー様と結婚し、夫婦になる――もっと彼女の素顔を知りたい。

マリー、グレイと敬称もなく呼び合うことを許され、胸の奥に温もりが広がる。

彼女の言う通り、今日は僕達の始まりに相応しい、本当に素晴らしく良い天気だ。

僕達の馬と馬車は王都郊外の長閑《のどか》な景色を順調に進んでいる。

近くを馬で並走する護衛に変わった様子は見られない。今のところ警戒すべき存在はないようだ。

季節は春から初夏へ移り変わりつつある。頭上にある太陽は穏やかに輝き、麗《うら》らかな日和だ。

ふと風が吹いてきて、マリーの編みこまれていない髪の毛が一筋、鼻をくすぐった。

薔薇の香りがふわりと漂《ただよ》う。

女性の麗《うるわ》しい香りに胸がどぎまぎする。年頃の男には毒だ。

マリーは僕のことを好ましく思ってくれているようだから尚更……

「マリーは薔薇がお好きなんですか？」

「ええ、花はどれも好きですが、とりわけ薔薇が好きなんですの。美しく咲き、美しく散る――己《おのれ》を守るための棘《とげ》は剣のようで、そのありさまは物語の女騎士のごとく高貴で、香りも優雅。薔薇に囲まれるととても華やかな気分になりますわ。鑑賞だけでなく、いろいろと使えますしね」

僕の劣情など知るよしもなく、うふふっと無邪気に大輪の薔薇のごとく笑うマリー。

なるほど、確かに咲き誇るような美貌のマリアージュ姫にはぴったりだ。

今度薔薇を贈ってみようか。それとも薔薇をイメージしたドレス？

薔薇園に誘うのもいいかも知れない。

会話が途切れた時、マリーが伸びやかな美声で歌いだした。

そういえば今朝会った時も歌っていたっけ。歌が好きなんだな、と思う。

歌詞はなく旋律だけのものだが、穏やかで優しい調べ。しかし僕が聞いたことのない曲で、異国風のような、不思議な感じがする。

気になって訊いてみると、なんと彼女が自分で作った曲らしい。

子豚の出てくる童話をイメージしたそうだ。

僕もその童話が好きだった。共通点に嬉しくなる。

彼女の視点は独創的で面白い。家を吹き飛ばす狼の肺活量なんて！

僕はそういうものだと疑問にすら思わなかったが、確かに言われてみればそうだと噴きだしてしまった。

うっかり普段の自分が出てしまったが、こんな風にお互い少しずつ心を開いて通わせていくのだと思うと甘酸っぱい気持ちになる。

他愛もない話をしている内に、デート先として選んだ場所——修道院に着いていた。

時間が経つのが早く感じる。マリーと一緒にいるからだろうか。

修道院の裏手に広がる青紫の絨毯《じゅうたん》。

マリーは一面を埋め尽くす満開の花々を見て歓声を上げた。

ここは祖父が興《おこ》した事業で出資したラベンダー畑だ。気に入ってもらえて良かったとホッとする。

よく知っているので選んだ場所だが、丁度今が最盛期なのは幸運だった。

ラベンダーはさまざまな用途に使えて無駄がない。精油を作れば貴婦人や裕福な家の女性に高く売れ、非常に儲かるのだ。

祖父が国外で手に入れてきた精製技術はこの国の技術よりも高く、商会のラベンダー精油は他が売るものより質が良いと評判になっている。

本来なら、商会のみで土地を借りて栽培することもできた。

それをあえて修道院に出資した理由は、根なし草の交易商人たる祖父が貴族令嬢の祖母と結婚する際、後ろ盾として選んだのが修道院だったからだ。

父の結婚の際も同様で、貴族への付け届けや根回しはもちろんしたが、出費が思ったより少なかったのは修道院によるとりなしが非常に大きかったからこそ。

結婚のことだけでなく、薬草を扱う修道院との摩擦《まさつ》を嫌ったのもある。

それなら多少儲けが減っても最初から取りこんでしまうほうがずっといい。

修道院――教会の持つ力は人が思うよりも大きい。

祖父は教会のありようが交易商人に似ていると評していた。

教会は聖地にある中央大神殿を中心として各国に支部を持ち、縦横に組織の繋がりがある。民衆を教化する役割を持つのみならず、王の戴冠《たいかん》儀式に関わるのも教会だと考えると、どの国の王も教会を蔑《ないがし》ろにはできない。

そのような理由から、あちらこちらの国に行き商売をする交易商人にとっては教会との繋がりは非常に役に立つ――僕はそう教えられてきた。

この場所について説明し、ラベンダーの仕事が寡婦《かふ》や孤児の助けにもなっているのだと話すと、マリーは徳を積むのは良いことだと感心したように頷いた。

彼女は本当に心美しく慈悲深い。

確かに助けにはなっている、と思う。ただ、仕事がなかったりそれによって体を売ったりするよりも多少はましというだけだ。

寡婦《かふ》や孤児の人件費は他と比べてずっと安い。商人としての自分の薄汚さに罪悪感を覚える。しかしそれを表情に出すことはしない。

「マリー、少しだけここで待っていてください」

今日ここにデートに来ることは修道院側にあらかじめ知らせてあったものの、一言挨拶に行ったほうがいいだろう。

そう判断した僕は、護衛に目配せをすると、マリーに断りを入れて建物へ向かった。

「これはグレイ殿。お久しぶりですな」

裏口の扉を叩くと、よく見知った修道士が出てわざわざ修道院長を呼んできてくれた。

祖父や父はともかく、兄や僕の場合は院長の立場のほうが重い。

これまで用事がある時にはこちらから院長室を訪ねていたが、これはマリーと婚約した効果だろう。僕も随分《ずいぶん》偉くなったものだ。

内心皮肉に思いながらもにこやかな表情と低姿勢は崩さない。

「こちらこそご無沙汰しております。院長様においでいただけるとはお忙しい中わざわざありがとうございます。いつもお世話になっております。本日は畑を貸し切りにさせていただき感謝致します。多少ご面倒をおかけするでしょうが、よろしくお願い致します」

「これしきのことはなんでもありませんぞ。キャンディ伯爵家マリアージュ様とご婚約されたとか。実に喜ばしいことです」

「ありがとうございます」

院長の寿《ことほ》ぎを受けて深々と礼をすると、傍に控えていた修道士が肩を震わせてふふふと笑う。

首を傾げると、「いえ、思い出し笑いですよ」と微笑んだ。

「キャンディ伯爵家には祈りの日にお伺いするのですが、マリアージュ様は私共の説教など聞かずに熱心に聖典を読まれるのですよ。信仰心が薄いのか篤《あつ》いのか分からず、どのように叱ればいいのか悩まされました」

説教を聞いていなかったと叱ると、信仰の根本にある聖典の教えを熱心に読んでいたことを咎《とが》めることになってしまう。

それは人に過ぎない修道士の言うことを神の教えよりも優先せよということになりかねない。かと言って、説教を聞いていなかったことを咎《とが》めないわけにもいかない。

確かにそれは悩んだことだろう。まるでとんちだ。

修道院長が少し意地悪な笑みを浮かべる。

「栄光には相応の苦労も付きまとうもの。覚悟しておいたほうがいいかも知れませんぞ。あのご令嬢はきっと一筋縄ではいかぬでしょうからな」

僕は思わずマリーのほうを振り返った。遠目に、ラベンダーに顔を近づけ、花の香りを楽しんでいる姿が見える。

修道院長達に別れを告げて戻ると、すっかり昼食の準備が整っていた。

ここへ来る道中にも聞いたが、今日の昼食はマリーの考えたレシピだそうだ。ナイフもフォークも使わずに手で手軽に食べられるものだとか。

手で食事をする外国人を見たことがあるけれど、穀物を炊いたものを何かのソースと絡めて食べていた。あんな風に手が汚れるのだろうか。

伯爵家で食事をご馳走になった時は、食事の美味しさとパンの柔らかさに驚いたものだ。あれは売りだせばそれだけで一財産儲けることができるだろう。

それとなくサイモン様に探りを入れたが、残念ながら今のところ製法を外に出す気はないようだった。

手を洗って不安と期待がない交ぜになった気持ちで見守っていると、伯爵家の侍女がバスケットから食べ物を取りだして並べはじめる。

丸いパンに具材が挟んであるもの、細切りにした何かを……揚げてあるらしきもの。

あまり手は汚れなさそうだとホッとする。これならピクニックにはぴったりかも知れない。

「グレイ、どうぞ召し上がってくださいな」

侍女がマロニエの大きな葉を洗い、布巾で拭いてパンを包む。それをマリーが笑顔で渡してくれたので、受け取って一口齧《かじ》った。

口に広がるチーズと柔らかい肉汁の旨味。ひき肉と玉ねぎが入っているような……これはミートローフか。ソースやピクルスの酸味とシャキシャキとした葉野菜が脂っこさを緩和し、程よく調和している。

美味しい。

僕は本心からそう思った。讃辞を口にすると、マリーはこれが『ハンバーガー』という料理だと教えてくれた。小さなミートローフはハンバーグというらしい。

薄黄色のソースは卵だと思うが、赤いソースはなんだろうか。酸っぱい果物のようだが、該当しそうな赤いものは思い当たらない。恐らくこれもパンと同じで伯爵家の秘密なのだろう。

僕は細切りの揚げ物に手を伸ばした。食べてみるとなんと芋。普通は単純に焼いたり、柔らかく煮て潰すものだ。

摘まんだ芋は薄い塩味で、手が止まらなくなりそうな絶妙な加減。赤いソースを付けても合うかも知れない。フライドポテトというらしい。

冷めていてさえこんなに美味しいのだから、マリーの言う通り出来立てが一番だろう。

それにしてもこのハンバーガーというものは美味《うま》すぎる。

一つ食べ終わってもマリーがおかわりを勧めてくれるので、僕は図々しくもついつい もう一つ二つと手が伸びてしまった。

せっかくだから腹いっぱい食べていこう。

……と、唇に何かが触れた。

思わず顔を上げると、マリーが赤いソースの付いた指先をその薔薇の蕾《つぼみ》のような唇に運び、舌でちろりと舐《な》めるのが見え――何をされたのかを理解した瞬間、火が出るかと思う程顔が熱くなった。

先刻の院長の言葉が胸の奥に木霊《こだま》する。

『あのご令嬢はきっと一筋縄ではいかぬでしょうからな』

――あぁ、どうやらその通りみたいだ。

二

「あの、その……」

目をきょろきょろと落ち着かなく彷徨《さまよ》わせ、言葉を探すグレイ。

色白だから、血の気が上ると普通よりはっきりと赤く感じられてしまう。

恥じらうその姿はまるで初心《うぶ》な乙女のようである。心の中もきっとそうなのだろうと思うと微笑ましい。

前世のブラックな社会で外面《そとづら》を取り繕《つくろ》うことだけ上手になり、中身がねじ曲がりどす黒く汚れ切ってしまった私とは大違いだ。

「ソースが口元に付いていたので、つい。驚かせてしまいましたわね」

「い、いえ。マリーの手を汚してしまってすみません。僕、子供みたいですね。ええと、ハンカチは……」

サリーナが柄杓《ひしゃく》で水を汲んで声をかけてくれたので手を洗う。ハンカチを探すグレイを大丈夫ですからと制止し、自分の刺繍《ししゅう》入りハンカチで水気を拭いた。

あ、そうだ。

一つ思い出してポンと手を打つ。

「ハンカチと言えば、私ったら。この乗馬服や美味しい茶葉を下さったグレイに何かお返しをと考えて、何枚か刺繍《ししゅう》をしましたのよ」

私とてグレイにもらいっぱなしではない。今日までの一週間、地道にハンカチに刺繍《ししゅう》していたのだ。

刺繍《ししゅう》は令嬢の嗜《たしな》み。もちろん他人任せなどにはしていない。

悲しげなメロディの童謡に出てくる手袋を編む母さんのごとく、寝る間も惜しんで仕上げたそれらはどれもこれも力作揃《ぞろ》い。

手作りの品には、『愛情のこもった、お金では買えない何物にも引き換えられないもの』という付加価値が付く。

そしてそれを贈ることは、自分は家庭的だというアピールになるのだ。

前世でも、その付加価値を免罪符に海老《えび》（手作り品）を鯛《たい》（高級品）と引き換えようと目論む女共がしのぎを削っていたっけ。

そんなキラキラした世界は、ブラック企業でこき使われるヨレヨレのぼっち女からすると羨《うらや》ましい限りだった。

「いただいたものからすれば、お返しにもなっていないようなつまらないものですが……」

サリーナから包みを受け取った私は、この世で実現した憧れのキラキラ世界に羞恥《しゅうち》と後ろめたさを感じ、目を逸らしながらそっとグレイに差しだした。

グレイは慌てて自分の手を洗うとその包みを手にする。

「僕のためにマリーが作ってくれたのですか？　……とても嬉しいです、開けてみても？」

グレイを見ると、とろけるような笑みを浮かべている。私はこくりと小さく頷いた。

「わぁ、何枚も刺繍《ししゅう》してくださったんですね。縫《ぬ》い目も細かくて丁寧だ。僕の家の紋章は結構複雑なので、大変だったでしょう」

真っ先に手に取ったルフナー子爵家の紋章の刺繍《ししゅう》に目を留めて感嘆するグレイ。

「目が肥えていらっしゃるグレイにそう言っていただけると嬉しいですわ。難しかったので図案とにらめっこしながらゆっくりと刺しましたの。ルフナー子爵家に嫁《とつ》ぐのならと、特に紋章は頑張りましたのよ？」

もじもじと指を動かす。

ニートなだけに暇に飽かしてやっていた刺繍《ししゅう》には少々自信があったけれど、こうして家族以外の人に贈ったことはなかった。正直恥ずかしい。

ケチャップの仕返しなのか、余裕を取り戻した様子のグレイが「これならいつでも結婚できますね」とからかい交じりに言う。しかし紋章の入ったハンカチをめくったところで動きが止まった。

沈黙が落ちる。

「これ……はなんでしょうか。お皿……？」

二枚目を見て、歯切れが悪そうなグレイ。

あぁ、そうだ。いくつか説明が必要な図柄を刺したんだった。

グレイのためだけの、この世に二つとないハンカチになるように、気合を入れてデザインしたのである。

「あっ、ごめんなさい。これはですね、お皿ではなく古代神々が星々を旅する時に乗ったという天空の船をイメージしたのですわ。グレイに大いなる天空のご加護がありますようにと」

説明した内容は嘘だけれど、宇宙人グレイと来たら円盤ＵＦＯは絶対に譲れない。

乗り物関連は男の子が持つデザインとしては相応しいように思う。

最初は宇宙人グレイも刺そうと考えていたが、流石《さすが》にこちらの人には不気味かなと思って自重したのだ。

「天空の船、ですか」

「我ながらよくできましたわ」

うんうんと得意げに頷いていると、グレイはそっとそれをめくって三枚目を出した。

「こちらも……不思議な絵柄ですね。三角の窓から目が覗いているのか……何か、物語に出てくる魔法の紋章のような」

「ああ、これは真実を見通す『プロビデンスの目』という図案ですの。格好良いでしょう？　グレイの商売が大きくなって世界中に広まるようにと祈りを込めていますのよ。ちなみにこれは私のものと対《つい》になっていますの」

私は先程手を拭いた自分のハンカチを広げて見せた。

グレイにあげたのは水色、私のものはピンクである。水色はオリジナル通り正三角形に一つ目が入った、前世では『神の全能の目』を表す意匠《いしょう》、ピンクは逆三角窓に閉じた目のデザインで、ニート生活安泰を祈願した。

グレイが三角の底辺下に縫《ぬ》い取った文字を指さす。

「えっ……と、この文字のようなものはどういう意味なんでしょうか？」

「それは『ニューワールドオーダー』という模様ですの。グレイが商売で世界一になれますようにっていう願かけですわ」

アルファベットはこちらにはない文字だからな。説明も面倒だし、『ＮＷＯ』とたった三文字だから模様ということにしておこう。

グレイは三枚のハンカチを並べて眺めている。

「マリーの刺繍《ししゅう》は上手で、なんだか、こう……独創的なんですね」

「お恥ずかしいですわ。グレイに差し上げるハンカチだから、他の誰にも真似できない、この世に一つだけのものにしたいと思って図案を考えましたの」

「ありがとう……大切に使わせていただきますね」

グレイはそう言って、私の頭を撫でた。

ちょっと困ったように微笑んでいるのはなぜだろう？

まぁそれでも喜んでもらえたからいいかと思い直し、私は「はい」と笑い返した。

「そういえば僕も、今日はマリーにいろんなお茶を持ってきたんですよ。お見合いの時は格好悪い所を見せてしまいましたから」

「嬉しいわ！　ありがとう、グレイ」

先日の私の言葉を覚えていてくれたようだ。

グレイの使用人が彼のアイコンタクトを受けてバスケットを差しだし、被せてあった布をはがす。

グレイが私にも見えるようにとバスケットを動かしてくれたので覗いて見ると、コルク栓のされたいくつもの小さな瓶が並び、それぞれに違う茶葉が入っているようだった。

緑茶もある！

私は歓喜のあまり思わずきゃあと声を上げて手を叩いた。

「本当にいろんなお茶があって素敵！」

わくわくと一つ一つ手にとってコルク栓を抜いては香りを嗅《か》いでみる。なんと烏龍《ウーロン》茶もあるようだ。

いくつかある緑茶も、海苔《のり》を思わせる香りの高級煎茶《せんちゃ》に似たものがあって懐かしかった。

「その緑色のものもお茶なのですが、淹れてみると苦くて。本当に貴重な品のようで値段も高く、嗜好品《しこうひん》というよりも薬として使われているようですね」

苦いのか、ほほう。その理由に思い当たってにんまりと笑う。

「まぁ、そうなんですの。せっかくですし、ここでいくつか一緒に飲んでみましょうか。サリーナ、お湯を準備してくれるかしら？」

携帯式の炭火コンロにやかんがかけられる。サリーナが茶器を準備し、お茶を淹れようとするのを手で制した。

「高価なお茶ですもの、私が淹れるわ」

沸いたばかりの熱湯だし、まずはこれから飲んでみよう。

私は烏龍茶《ウーロン》を手に取った。

コンロからやかんを外し、ポットに烏龍《ウーロン》茶葉を入れる。

これは確か、最初は洗うんだったか。

熱湯をポット半分まで注いでから捨てると、グレイが小さく「えっ」と声を上げるのが聞こえた。

そのまま再度お湯を注ぐ。今度は普通にポットいっぱいに。一分程待って、別のポットに注ぎ替えた。

他のお茶にも言えることだが、ずっと茶葉が浸かっていると不味《まず》くなるのだ。

それを私とグレイのカップに注ぐ。烏龍茶《ウーロン》の香りが漂《ただよ》った。

味見のためにカップを取って口を付けてみる。……うん、美味しい。

グレードはそこまで高くないけど、ちゃんとした淹れ方をすればそれなりになる。この世界にはないと思っていたから、烏龍茶《ウーロン》も久しぶりだわ。

最初のポットの中の茶殻を捨てて洗うようにサリーナに指示を出す。次は緑茶が飲みたい。

「なんとなく、前に飲んだ時よりも美味しい気がします。マリーが淹れてくれたからでしょうか」

「うふふっ、グレイったら」

しみじみと言うグレイ。私は微笑みながら烏龍茶《ウーロン》を口にする。穏やかな時間が流れはじめた。

探りを入れてみるなら今かも知れない。

「あの、グレイ。私は恥ずかしながらお兄様やお姉様のように秀《ひい》でた能力もなく、できることがあまりないのです……社交界も苦手ですし。ずっと家で穏やかに刺繍《ししゅう》などをして過ごしながら、子供達と一緒に旦那様の帰りを待つ……そんな生活を思い描いているのですが、それは……貴方《あなた》にとってご迷惑でしょうか？」

言葉を選びながら指をカップに滑らせ、グレイを見つめる。

「それとも、やはり……もっと素敵で有能な女性でないと、グレイの妻にはなれませんか？」

マジでお願い、ニートさせて！　私を囲って養《やしな》ってほしい！　第一希望は自宅警備員！

私の食い入るような視線に邪念を感じたのか、鮮やかな緑の瞳が揺れ——グレイは慌てて首を振った。

「そんなことはありません！　僕もそんな生活を想像してるんです。それに、可愛いマリーが家で待っていてくれるなら嬉しいですから！」

「あぁ、グレイ……」

グレイ的にはニートでもオッケーなんだ！

うっとりとグレイを見つめる私。脳内麻薬はさぞかし大量に分泌されていることだろう。

あぁ、自分、最高にキラキラしてるぅ！

恋愛は人をいかれさせる。

正に気分は周囲を苛《いら》つかせるバカップルである。

砂糖を吐きそうな表情のサリーナがポットを洗い終わったので、そこにお湯を注いだ。

茶葉はまだ入れない。というのは、緑茶を淹れる時は先に、湯冷ましをしないと苦味成分が多く抽出されてしまうからだ。陶器のポットであれば、『熱いけど触れる』程度が適温である。

グレイがお茶を飲み終わりカップが空になっていたので、ポットを確認してみると丁度良い温度。

そろそろ頃合いだと緑茶の入った瓶の栓を開けた。烏龍茶《ウーロン》はまだ残ってるし他にポットの予備はないから、気持ち小さじ一杯分ぐらいか。

『肉屋気取りの豚共ォ～♪　肉屋気取りの豚共ォ～♪

家産国家の豚共ォ～♪　主権を奪われ豚共ォ～♪

保護領に生きる豚共ォ～♪　パノプティシズムの豚共ォ～♪』

かの曲の二番を鼻歌しながら時間を計る。頃合いを見て、濃度が均一になるように二つのカップに交互に注いだ。味見してみると、普通に美味しい煎茶《せんちゃ》の味。

「これならそこまで苦くないと思いますわ。どうぞ」

グレイは警戒している様子でカップを受け取ると、恐る恐る口を付けた。そして、あれ？　という表情になる。

「前飲んだ時よりも全然苦くない。なぜ……」

「ね、それなりに美味しいでしょう？」

前世の紅茶の歴史を思い出す。

確か緑茶が最初にヨーロッパに入ってきて、それから武夷《ぶい》茶に、そして紅茶に……となっていったはずだ。

紅茶の原点と言われている武夷《ぶい》茶（ボヘア茶）は、青茶つまり半発酵茶たる烏龍《ウーロン》茶の一種であったと思われる。中国語ではウーイー、それが西洋に伝わるとボヘアと訛《なま》ったらしい。

途中に何があったのかは知らないが、大変な変わりようである。

ここだけの話。ボヘア茶は中国では粗悪な茶として扱われていて、それをイギリス人に売りつけたところ珍しいお茶として珍重されたとか。

この世界では少し違う歴史を辿っているみたいだが、発酵度によってもお茶のグレードが決められている場合、緑茶や烏龍茶《ウーロンちゃ》は紅茶よりも高価なはずである。

元より高価な茶葉。輸送の難しさを考えれば、発酵茶より劣化しやすい緑茶の稀少価値は他の茶葉よりもずっと高いと言えるだろう。

グレイ、これは相当張りこんだな。

これだけ金を使うということは、ちょっとやそっとのことじゃ婚約破棄にはならなさそうだ。

「そうだわ。お茶請けも持ってきておりますの」

思い出して手を叩くが、有能な私の侍女がすでに用意してくれていた。大きなお皿にバイキングのようにお菓子が盛られている。

果物、ドライフルーツ、ナッツに焼き菓子……ちなみにベーキングパウダーなしでもメレンゲでふわふわに焼き上げられる台湾カステラは、私が仕込んだレシピだ。

どうぞと勧めるも、グレイはカップの揺れる水面を眺めて何事かをじっと考えている。

やがて顔を上げたグレイの鋭い眼差しは、エメラルド色に燃えていた。

「……マリー。僕の知る限り、この緑のお茶はこの国に入ってきたばかりで、存在そのものも知っている者が多くないんですよ。でも、貴女《あなた》は詳しく知っていたんですね。ミルクティーと同じように」

狩人が獲物に狙いを定めるようにじっとりと見つめられる。どうもやらかしてしまったようだ。

「あの……」

どう返答したらいいか分からず私は視線を彷徨《さまよ》わせる。

言い淀《よど》んでいると、「秘密を暴いて困らせるつもりはないんです」とグレイは口調を和らげた。

「マリー、僕はただ、貴女《あなた》のことをもっと知りたいのです。少しずつでもいいから、心を開いてほしい」

「グレイ……」

私の秘密をもっと知りたい――例えば、ハリボテのこととかだろうか。

あぁ、でもあれだけは！

結婚という枷《かせ》で彼が逃げられなくなってからでないと明かすことはできない……っ！

そんな葛藤《かっとう》を胸にじっと見つめ合っていると、遠くから「グレイ！」と叫ぶ声がした。

そちらへ顔を向けると、グレイを一回り大きくさせたような青年が手を振りながらこちらに歩いてくる。その後ろにはアン姉ぐらいの年頃と思われる貴族令嬢。

馬車が停まっているのでそれに乗っていたのだろう。グレイが立って手を差しだしてくれたので、助けを借りて私も立ち上がる。

「兄さん。マリー、こちらは僕の兄です」

「まぁ、お義兄様ですの。お初にお目にかかります、キャンディ伯爵家の三女、マリアージュと申します」

さらりとお義兄様呼びで自己紹介をする。

初めて見たグレイの兄は、赤毛の美青年だった。

グレイが紅茶のような明るいオレンジ系の赤毛なのに比べ、兄のそれは落ち着いた赤銅色《しゃくどういろ》。そばかすもグレイよりは少なく、そのモスグリーンの瞳は落ち着いた印象を与えている。

兄もカッコイイな！

眼福なのもあってにっこりと微笑んだ。

グレイの兄は少し緊張していたようだ。私の挨拶を受けて、ホッとしたように笑顔を見せる。

「これはご丁寧にありがとうございます。初めまして。グレイの兄、アール・リプトンと申します。妻と共に近くを通りかかったものですから。お邪魔して申し訳ありません」

「あぁ、あの有名な黄色の――いえ、お会いできてとっても嬉しいですわ」

私は自重した。なんとなく黄色い紙パックのレモンティーが飲みたい気分。

そんなことを考えた丁度その時、貴族令嬢が追いついてきた。ブルネットの縦巻きロールの髪に青い瞳の女性である。

遅れてきたことと愛想のなさが少々気になったが、義兄アールの妻なら将来の義姉ということ。

同じように自己紹介し、グレイの婚約者であることを告げると、「キャンディ伯爵家がなぜこんな……」と驚愕された。

どうかしたのだろうか。

首を傾げると、慌てた様子で「フレール・リプトンですわ。お見知り置きを」と挨拶を返された。

「……義姉上、お久しぶりです」

グレイがどこか遠慮がちに挨拶をする。しかしフレール嬢はふんと鼻を鳴らして彼を冷ややかに睨みつけた。

「兄よりも随分《ずいぶん》うまくやりましたのね。これだから卑《いや》しい血筋の汚れた赤毛は。キャンディ家の弱みでも握りましたの？」

「口が過ぎます、フレール！」

おいおい……いきなり何を言ってるんだこの女。義兄が困ってるぞ。

まぁその台詞《せりふ》で大体は察したけれども。

「うふふ、未来のお義姉様は随分《ずいぶん》と面白いことを仰《おっしゃ》るのね。むしろ当家がグレイの弱みを握ったのですわ。私こそがグレイとの婚約を望んでいるのですもの」

私のおどけたような言葉にフレール嬢はぎょっとしたように目を剥《む》いた。

そこまで驚くことだろうか？

「はぁ!? 貴女《あなた》、正気なの？ よりにもよって、青き血の由緒ある貴族が、商人上がりの、それも赤毛の男なんかに――社交界で笑い者になりますわよ！」

社交界で笑い者、ねぇ。

ということは、フレール嬢は社交界で笑い者になっているのか。いや、大方顔見知りや友人達に見下されたかどうかしたのだろう。

案外貴族はリアリストだ。貧乏伯爵家の娘が金持ちな美男子と結婚できたことに対する嫉妬ややっかみを受けたっていう可能性が高い。

けれど本人はそんな取るに足らない言葉を真に受けているらしい。

私は馬鹿馬鹿しくなって肩を竦《すく》めた。

「だって、社交界になんて出ませんもの。私は果報者ですわ。グレイのような素敵な殿方と婚約できて」

「な、なっ……」

フレール嬢は二の句が継げず口をパクパクさせる。

ややあって、「私、気分が優れないので馬車に戻りますわ！」と言い捨てて、逃げるように戻っていった。

「マリアージュ様！　妻が、大変失礼しました！」

はっと我に返った義兄アールが顔を真っ赤にして頭を下げる。

相当苦労しているな、これは。

「いえいえ、気にしておりませんわ。あっ、少しだけ待っていただけます？　せっかくだから当家自慢のお茶菓子だけでも持っていってくださいな」

バスケットに被っていた布にささっとお茶菓子をピックアップして包む。大阪のおばちゃんが子供にアメちゃん渡すような気分だ。

こんな新婚生活じゃストレスもマックスだろう。どうか禿《は》げませんように。

かつては私もブラック企業で十円禿《は》げを作りながら胃痛と戦っていたから、尚のこと彼には同情を禁じ得ない。

甘いものを食べれば幾分かストレスも和らぐだろう——あのオラついた嫁も少しは落ち着くかも知れないしな。

義兄アールは私から包みを受け取ると泣きそうに顔をくしゃりと歪めて礼をし、「お詫《わ》びは後日必ず！」と言って馬車に慌ただしく戻っていった。

「……嵐のようでしたわね」

「すみません……」

ざあぁ、とラベンダー畑に風が吹く。

グレイの蚊の鳴くような声が攫《さら》われていった。

取りあえず私達もお菓子を食べましょうか、と二人して座る。気が利《き》くサリーナが温かい紅茶を淹れてくれていた。

「グレイ、これはカステラというお菓子で、とても美味しいんですのよ。召し上がれ」

早速グレイにカステラを勧める。しかしグレイはそれを持ったまま、食べる様子もなく俯《うつむ》いた。

「……どうかなさいましたの？」

「マリーも、先程の義姉の言葉をお聞きになったでしょう。あれが成り上がり者と結婚した貴族女性の普通の反応なんです。それなのにマリーは……」

先程のフレール嬢の言葉――『商人上がり』『卑《いや》しい血筋の汚れた赤毛』。『商人上がり』ってのはトーマス兄も言っていたのでなんとなく分かる。……となると。

「赤毛って悪いことなんですの？」

ひょっとして欧米と同じようにこちらでも忌《い》み嫌われているのだろうか。トマトもそうだったしな。

「太陽神を裏切って人間に火をもたらした火の神の色とされ、あまり歓迎されていないのです」

あー、なるほど。火の神かー。

聖典を読んでた時、ギリシャ神話のプロメテウスっぽいと思った記憶がある。

インド神話のアグニにしろ、日本神話のカグツチにしろ……火の神って秘儀的・トリックスター的な要素があるんだよな。それは火が人間の生活を大きく変えたことから来てるんだろうけれど。

引きこもってて外部の人間ともあんまり会わなかったから、そういう俗説は知らなかった。

ましてや赤毛の人間と接触もない。グレイが初めてである。

じゃああれか、前世と同じなら、裏切り者・悪魔・気性が激しい・魔女・吸血鬼・臭い・エロい……そういうレッテルで差別されているのか。

西洋では赤毛の人に対して『やーい、ジンジャー』とか言って虐《いじ》めることがあるとかないとか。

しかし私は言いたい。

ジンジャーよりもむしろオレンジだろうと。ジンジャーと言いだしたやつの色彩感覚は謎だ。

「ふぅん、そうなんですの。私は赤毛にまつわる迷信など信じてませんわ。だって、金髪と銀髪の間にある色なだけって知ってますし」

ちなみに裏切りは困るがエロいのは大歓迎である。

それでもグレイの表情は晴れない。

「マリーは先程も僕と婚約して良かったと言ってくれました。でも、本当に僕で良かったんでしょうか。商人から成り上がった、僕のような男で」

独白するように紡《つむ》がれる言葉。あんなことがあれば無理もないか。

私は大きく息を吐いた。

「……私ね、そもそも身分は問わないから裕福で有能な大商人と結婚したい、と父にねだりましたの。成り上がりだとかそういう身分的なことは最初から関係なかったのですわ。更に言えば、グレイが交易商人だということはむしろ嬉しい誤算でしたの」

「はっ？　最初から大商人と結婚したかったって……なぜ」

「確かに伯爵令嬢としては伯爵位以上の素敵な男性を、というのが普通なんでしょうね。フレール嬢のように。けれど、それでは私は自分の望む幸せが得られないのですわ。先程も言いましたけれど、私、社交界に出るつもりはさっぱりありませんの。ずっと安全な家の中にいて守られて、子供達と一緒に旦那様の帰りを待つ、そんなささやかな幸せこそが欲しいんですのよ」

「確かにそう仰《おっしゃ》っていましたね。けれど、それが僕で良かったというのはなぜなんでしょう？　他の人でもそれは叶えられる。別に僕である必要はない。そもそもキャンディ伯爵家はキーマン商会よりも遥かに裕福……兄の結婚ならば分かるんです。リプトン伯爵家は借金がなくなり財を得て、兄は身分を得た。貴族の結婚には、双方の利益が関わるはず」

なるほど、グレイはそこに引っかかっていたのか。

それは確かに言葉が足りなかったと思う。

「あぁ、キャンディ伯爵家のメリットは何かというお話？　いかにキーマン商会が大商会だとはいえ、我が家は領地も潤《うるお》い、ルフナー子爵家より財産があるのは確かですわ。けれども、ルフナー子爵家にあってキャンディ伯爵家にないものがありますの」

「え？」

「外国との繋がりですわ。嬉しい誤算とはそれなんですの。キーマン商会は国外にも数多く支店があるのでしょう？」

「……それは、ありますが」

本当にそんなことで？　と言いたげな、釈然としない様子のグレイ。

それこそが大事なのだよ。

「キャンディ伯爵家は領地持ちであるが故に豊かな反面、土地そのものに縛《しば》られている。もし、王国に何かあった場合。災害や戦争があって滅亡に瀕《ひん》した場合。我が家は王国と運命を共にするか爵位も何もかも捨てて文なしで逃げるかしかできません。事実上の断絶ですわね」

こういったもしもの危機管理《リスクマネジメント》は前世の知識のある私だからこそ着想できることなのであろう。

「けれど、交易商人の顔を持つルフナー家は違います。爵位を捨てても国外に財産と商会が残りますわ。国に縛《しば》られない、国という囲いが意味をなさない、それこそが交易商人たるルフナー家の強み。残念ながら身分と血筋がすべてと思っていそうなフレール嬢の価値観では理解できませんわね」

身分や血筋じゃ食えん。世の中金じゃ金金金ー！

リスク分散された安全な金なら尚良しである。

「しかしこのトラス王国は平穏そのものです。大国ですし、そうそう何かあるとは思えませんが」

「古今東西、永遠に続いた国はありませんわ。今も、これからも。明日大災害が起きないとは、誰にも言えませんことよ？」

コンピューターの秒進分歩《びょうしんふんぽ》の世界を知っていれば、そんなのんびりとしたことは言えない。世界は確実に変わっていっている。

災害だっていつ何時襲ってくるか分からない。

前世――技術が発達した時代でさえ、予測できず突発的にやってくるのだ。

ましてやこんな中世レベルの世界である。インフラだってちゃんとしてるわけじゃない。

ちょっとした気候変動で不作でも起これぱたちまち食糧不足と飢饉《ききん》のコンボでルサンチマンが溜

まり戦乱の世になるだろう。

そうなれば私の大事な大事な安泰ゴロたんニート生活に支障が出てしまうのである。それではまずいのだ。

私は何かあった時に国と心中する気は毛頭ない。外国にも根を張るルフナー子爵家の交易商人としての基盤は、リスク分散という意味で非常に魅力的なものに見えている。

私はぺろりと唇を舐《な》めた。

「ご自分の魅力が満更でもないことを納得していただけたかしら？　さ、難しい話はこれでおしまいにしてお菓子を楽しみましょう。はい、あーん♪」

クッキーを摘まんで彼の口元に持っていくと、グレイが少し恥ずかしそうにぱくりとそれを食べる。顔を逸らして咀嚼し始めた彼の耳が真っ赤な事に気付いてクスクスと笑っていたその時、少し苛立《いらだ》たしげにグレイの馬がいなないた。

「まぁ、お腹が空いたのかしら？」

何かあげられるもの、と使用人に訊くとイチゴがあった。グレイに餌《えさ》やりの許可を取って一緒に馬に近づき、イチゴを鼻の前に出してやる。

イチゴを美味しそうに齧《かじ》る馬はとっても可愛い。本物の馬はいいわ。グレイは馬の鼻面を宥《なだ》めるように優しく撫でている。

その時である。天啓《てんけい》が下った。

——馬の名前、思いついた！

かの名馬の生まれ変わりなら、最初に『Ｒｅ』を付ける。つまりリスポー……リボーンした、かの名馬だ。

その名をそれっぽく、違和感ないように縮めれば。

「——リディクト」

「……なんですか？」

良い響きだ。笑顔でグレイを振り仰ぐ。

「馬の名前ですわ！『リディクト』に決めました」

「良い名前ですね、ありがとうございます。これから僕もそう呼ぶようにします」

良かったたな、リディクト。

そう馬に囁《ささや》く声は、愛おしむような優しい響きをしていた。

馬の名前も無事に決まったところで、「ちょっとお花摘みを……」とワイルドなほうの意味で中座した私。

グレイに修道女のいる棟を教えてもらってそちらへ向かい、部屋を借りて用を足す。

修道女さんは意外にも厳格な人ではなく、底抜けに明るくフレンドリーな人だった。かの尼《あま》さんコーラス映画の陽気なおばちゃん女優みたい。

実にいいっすね～、人生を楽しんでいるようで。

彼女の陽気さにあてられたのか、私もなんとなくルンルン気分に。

グレイとのデートは、多少の粗相はあったものの万事恙《つつが》なく終わりそうである。

帰ったら早速ダディサイモンに結婚式の日取りを決めるように言わなければ。

私の気持ちは競馬で第四コーナーを回った直線にいる。

こういうのは相手に断わる隙を与えないようなスピードと勢いで、ゴールまで一気に逃げ切ることが肝心だからな。

某テーマパークのテーマ曲をハミングしながら、ラベンダー畑の端を迂回するようにして歩く。

気が緩んだのか、途中でぶっと大きな音が出てしまったが、グレイの前じゃないからへーきへーき。

サリーナの無言の圧力をものともせず、臭気を散らすために軽くスキップしていると、近くの林のほうで何やら物音がした。

なんだろう。そう思って首を巡らせて見ると――

何かが、いた。

鼻の中程まで伸びた金の前髪で顔の上半分が覆《おお》われ、青い左目だけがその隙間から覗いている。

陽の遮《さえぎ》られた林の中、木の陰からじとっと陰鬱《いんうつ》で恨《うら》みがましいような目でこちらを見ていたそいつは、そのまま音もなくすっと隠れた。

付き合いが長いから私が見間違えることはない。

間違いない。

——なんでここにいるんだ、前脚《ヨハン》よ！

あまりのことに私は硬直した。頭の中で某ホラー映画の主題歌が流れはじめる。

マジで、怨霊に遭遇するのとタメを張るような恐怖だ。用足し後でなかったら漏らしていたかも知れん。

「マリー様、どうかなさいましたか？」

「サ、サリーナ、今あそこに……」

前脚《ヨハン》がいた木を指さす。

サリーナはそちらに目を向けると、訝《いぶか》しげに首を傾げた。

「……何もいないようですが」

「あの、ヨハンがいたんだけど」

「ヨハン？　……あの者は本日も伯爵家の庭で働いておりますわ。ここにいるはずがございません」

「本当だもん！　本当にヨハンいたんだもん！　嘘じゃないもん！」

某幼女のように言い張る私に、サリーナは確認して参りますと言って林に一歩入る。

その場で周囲を見渡して、変わらぬ様子で「やはり何もおりませんが」と言った。

「そんなはずは……」

私、疲れてるんだろうか……

それからのデートは前脚《ヨハン》のことに意識を持っていかれてあまり覚えていない。

グレイにも「お疲れのようですし、そろそろ帰りましょうか」と気を遣わせてしまった。

帰ってから本人を問いただすも、不思議そうな顔で首を傾げるばかり。

こいつがすっとぼけていない限りは私の見間違えということになるが……

もしかして――生霊!?

それはそれで非常に怖い。

霊能者の話で、死霊より生霊のほうが性質《たち》が悪いとか聞いたことがあるし。

前脚《ヨハン》は私に恨《うら》みを抱いてるのか?

悶々《もんもん》と思い悩む私。しかし……

数日後の朝。

呆けた私の前には、グレイの馬――リディクトに酷似したハリボテがでーんと鎮座していた。

サプライズが成功したというような、やけに得意げで嬉しそうな馬の脚共。

彼らのズボンは塗装に合わせた色で、白い靴下もまたリディクトを彷彿《ほうふつ》とさせる長さで穿《は》いており芸が細かい。

乗馬鞭《むち》を持った手が次第に怒りでブルブルと震えだす。ハリボテの目玉が相変わらずヤバい薬をキメたように上向いていて、いやらしいままなのが尚のことムカつく。

前脚《ヨハン》ェ……

馬脚を露わしたな、やはりお前だったんかぁぁぁぁ!!

その日の乗馬は長距離訓練になり過酷を極めたことを記しておく。

◇◆◇

マリーの赤く艶《つや》やかな唇に目が行きそうになっては逸らす。僕はすっかり、ご馳走を前にお預けを食らっている馬鹿な犬のようになっていた。

彼女とキスしたらどんな感触なのだろうか。肌を合わせて抱きしめたら。

あぁ、くそっ。およそ紳士的とは言えない淫《みだ》らな考えばかりが脳裏に浮かぶ。

彼女はきっと口元をソースで汚した僕のことを子供みたいだと微笑ましく思っているに違いない。

これはあくまでもマリーの優しさで、母性からくる行動なのだと必死に自分に言い聞かせる。彼女を僕の卑《いや》しい妄想で穢《けが》してはならない。

僕はなんとか気持ちを立て直すと、マリーの手を洗ってもらおうとハンカチを探そうとした。しかしマリーは大丈夫ですからと言って、さっさと手を洗っている。

はぁ、僕は本当に子供みたいだ。こんな時はさっとハンカチを取りだすのが紳士らしい行動だったのに。

自己嫌悪していると、マリーが何かを思い出したように掌《てのひら》をポンと打つ。

乗馬服や茶葉等のお礼として、僕のために刺繍《ししゅう》のハンカチを作ってくれたそうだ。

「いただいたものからすれば、お返しにもなっていないようなつまらないものですが……」

丁寧に梱包された小さな包みを僕に差しだしながら、頬を薔薇色に染めて恥じらうマリー。受け取ろうとして——指先がフライドポテトの油で汚れていることに気付き、慌てて手を洗う。

彼女に贈ったものは伯爵令嬢に相応しい高価なものではあったけれども、僕自身は手配して命じただけだ。

こんな風に、彼女自身が手間暇かけて僕のために作ってくれたという事実だけで胸がいっぱいになる。

開けてみてもいいかと訊くと、マリーは恥ずかしそうに小さく頷いた。

わくわくしながら包みを開けると、数枚のハンカチが重ねられている。

一番上にあったものにはルフナー子爵家の紋章が丁寧に縫《ぬ》い取られていた。これは下手なお針子よりも余程上手だと思う。

本人は「難しかった」「ゆっくりと刺した」などと謙遜《けんそん》しているが、うちの複雑な紋章を美しく縫《ぬ》い取ったこの刺繍《ししゅう》の腕は、実に見事なものだ。

ルフナー家に嫁《とつ》ぐから頑張った、とそわそわと指を動かしながら小さな声で言うマリー。

これならいつでも結婚できると先程の意趣返しも兼ねて冗談交じりに言ったが、半分以上は本心だった。

可愛すぎる。すぐにでも結婚したい程だ。

しかし僕のそんな浮《うわ》ついた思いは、二枚目のハンカチを見た瞬間に遥か彼方《かなた》に飛んでいってしまうことになる。

彼女は本当に一筋縄ではいかない——いろいろな意味で。

ルフナー家の紋章以外の、彼女の独創的なデザインのハンカチ——天空の船（とてもそうは見えないが）や真実を見通すという目（正直に言えば不気味に思った）——は、あまり人目に触れさせず、大事に使っていこうと思う。

マリーの独特の感性は恐らく他人には理解されない。彼女の名誉のためにも、社交界の貴族には特に見せないように気を付けなければ。

僕の幸せを願って一生懸命刺繍《ししゅう》してくれた、それだけで充分だ。

……と、僕もマリーに贈るものがあったんだった。

用意したのは何種類かの上質なお茶や変わったお茶を小瓶に詰めたもの——最初のお見合いの時の『失態』を挽回する品である。

ただ、マリーはあの時、それまでゴミ扱いされていた茶葉の価値を大いに高めた。

僕の知らないことを知っている彼女ならばと、今回わざと紛れこませた茶葉がある。それはとある緑色の茶葉だ。

驚くほど高い割に、とても苦くて飲めたものじゃない。

仕入れ先によればこれは遥か遠国から運ばれてきたもので、嗜好品《しこうひん》ではなく、薬として珍重されるお茶だとか。

特に湿気を嫌い、普通の茶葉よりも遥かに劣化しやすく輸送も一苦労で、大変稀少なものらしい。この国では恐らくキーマン商会が初めて手に入れた品。これを彼女はどう捌《さば》くのだろうと興味が湧いた。

贈り物のバスケットに被せていた布を剥がして中身が見えるように差しだすと、マリーは目を輝かせて並ぶ小瓶を見つめ、可愛らしい歓声を上げて手を叩いた。

いろんなお茶があって素敵、と瓶の栓を一つずつ抜いては中身を嗅《か》いでいる。

最後に件《くだん》の緑のものを手に取ったので思わず注視してしまう。その香りを堪能《たんのう》するようにじっくりと匂っているマリー。

他のよりも長い時間そうしているので、僕はそれが苦いことと、薬として使われていることを彼女に伝えた。

すると、マリーは悪戯《いたずら》っ子のような笑みを浮かべる。もしかしてこの茶葉も知っているのか、と内心驚いた。

ここでいくつか飲んでみようということになり、更にはマリーが自ら淹れてくれるという。

まず手に取ったのは、緑のもの程ではないが、こちらも変わり種のお茶だった。やはり普通のお茶よりも少し高価で、飲んでみると程良い渋みがあり、燻煙《くんえん》されたような深い味わいが特徴的だ。

マリーは茶葉をポットに入れるとお湯を途中まで注ぎ——そして捨てた。

「えっ」

仕入れ先の商人はそんなことはしなかったのに。

なぜ、と思う間もなく再びポットにお湯が注がれる。今度は捨てることはなかった。しばし待って、中身を別の空のポットにすべて注ぎ入れる。

最後にカップへ注いで、手渡された。

マリーが目を瞑《つむ》って香りを嗅《か》いだ後、一口飲む。

そのうっとりとした表情につられるように僕も飲んでみる——あれ、なんとなく花のような良い香りがする？　それに、初めて飲んだ時よりも美味しいような。

お湯を一度捨てたことが関係しているのか？

それとも彼女が淹れてくれて、こうして一緒に飲んでいるからだろうか。

僕がそう告げると、マリーは「うふふっ、グレイったら」と花のように笑った。

それきり、なんとなく会話が途切れた。

優しい風が吹いた。ラベンダー畑を眺めていると、蝶や蜜蜂が忙《せわ》しなく飛び回っている。

そんな長閑《のどか》な風景とは裏腹に、僕はマリーの異質性について考えていた。

先程の、なんの躊躇《ためら》いもなくお湯を捨てた様子――画期的なものを考えだす智恵があるというよりも、やはり、僕達一般人は到底知らないようなことを知っている、というほうが正解だと思う。そして、その源は彼女自身の中にある。

僕はラベンダー畑の奥に佇《たたず》む修道院を見た。

マリーのことが表沙汰になれば、良からぬ輩《やから》以前に、教会が黙っていまい。神の寵愛《ちょうあい》を受けた聖女よと持ち上げられるならまだしも、一つ間違えば世を乱す悪しき存在だと火炙《ひあぶ》りにでもされかねない。

どっちみち、彼女から人並みの幸せが奪われることになる。

婚約者になったとはいえ、まだよく知り合ってもいない僕の前で、無防備にこの国の誰も知らないはずの知識を披露している。

とてもじゃないが危なっかしくて社交界には出せない。故に、社交界に出ることが当たり前の上級貴族と娶《めあわ》せることもできない。

「あの、グレイ」

マリーの声に思考が中断された。彼女はカップの輪郭を指先でなぞりながら、訥々《とつとつ》と話しだす。

社交界が苦手だから家で穏やかに過ごしながら子供達と一緒に夫の帰りを待つ、そんな生活を思い描いているのだ、と。

「それは……貴方《あなた》にとってご迷惑でしょうか？」

胸が、詰まった。

彼女はきっと、自分の異質性を理解しているのだ。社交界に出られないことも。

自分の異質性が家族にとって迷惑になってしまうと考えているから。

だから、こんなことを言う。

「それとも、やはり……もっと素敵で有能な女性でないとグレイの妻にはなれませんか？」

マリーは顔を上げて僕を見つめた。

思いつめたような眼差しは、きっと彼女に相応しくない悲しい自己卑下《ひげ》を秘めている。

有能——確かにマリーが社交界に出てくれれば、ルフナー子爵家の商売の助けにはなるだろう。

けれども、なければないで構わない。キャンディ伯爵家の後ろ盾があるというだけで充分過ぎる程だ。

それに、その程度で経営が左右されるようなキーマン商会じゃない。

マリーのいじらしさに目頭が熱くなった。

迷惑なわけがないじゃないか！　僕の妻になれる条件はただ一つ——マリアージュ・キャンディであることだけだ！

「そんなことはありません！　僕もそんな生活を想像してるんです。それに、可愛いマリーが家で待っていてくれるなら嬉しいですから！」

「あぁ、グレイ……」

蜜色の瞳が熱を帯びたように潤《うる》んだ。マリーに対する想いで胸がいっぱいになる。

何があっても守り抜こう——そして生涯かけて幸せにしたい。

この時初めて、僕はそう心に決めたのだった。


しばし見つめ合っていると、マリーの侍女が咳払いをするのが聞こえて我に返った。

「あ、あらポットを洗い終わったのね。ありがとう」

マリーが頬に手を当て恥じらった様子でティーポットを受け取る。彼女はそこに、茶葉ではなくお湯を注いだ。

そのまましばらく、僕達は二人とも黙って残ったお茶を飲んでいた。

なんとなく、使用人達から生暖かい視線を向けられているような気がする。マリーも決まり悪そうに時々ポットを触っていた。

僕がお茶を飲み終わった頃、マリーがとうとう件《くだん》の緑の茶葉の栓を開けて、中身をポットに入れた。そして蓋《ふた》をすると、小声でメロディを口ずさむ。あの子豚の歌だ。歌い終わると、恥ずかしそうに「これで時間を計っておりましたの」と言う。

マリーは空のカップを並べると、少しずつ交互に中身を注いでいった。これならそこまで苦くないだろうと、カップを渡される。

本当だろうか？　恐々と一口啜《すす》ってみると——苦く、ない？

それどころか、程良い苦さで青々とした爽やかさを感じ、美味しいとさえ思う。

僕は呆然とした。

なぜだ。初めて味わった時はあんなに苦かったのに。

「ね、それなりに美味しいでしょう？」

さも当たり前のことを言っているような声色が耳を打つ。

お茶請けも持ってきている、とマリーは甲斐甲斐《かいがい》しくさまざまな菓子類が盛られた皿を僕の傍に置いてくれた。

「遠慮なさらずに、どうぞ」

そんな声も耳を素通りしてしまう程、僕は思考の渦《うず》の中でじっとティーカップに揺れる黄緑色の水面を見つめていた。

……マリーはやはり知っていた。

更に確信したことは、彼女が知っていたこと——そのすべては間違いなく書籍や人伝《ひとづて》の情報等の外部からのものではなく、初めから彼女の中にあったものだということ。

彼女は一体なんなのだろう？

少なくとも、普通の人間ではない。ならば、女神が人として生を受けたとでもいうのか。

異質さの根源にあるもの——それをどうしても見極めなければという思いに駆られ、僕は顔を上げてマリーをじっと見据えた。

「……マリー。僕の知る限り、この緑のお茶はこの国に入ってきたばかりで、存在そのものも知っている者が多くないんですよ。でも、貴女《あなた》は詳しく知っていたんですね。ミルクティーと同じように」

「あの……」

マリーは眉を下げて当惑の色を見せた。おどおどと視線を行ったり来たりさせている。

その様子にはっと我に返った。

しまった、彼女を追いつめるようなことを。そんなつもりじゃなかったのに。

「——秘密を暴いて困らせるつもりはないんです」

言い訳するように言って、僕は首を振る。

ただ、彼女のことをもっと知りたかっただけだ。まだそこまで信用されていないのに馬鹿なことをした。

ずっと共にいれば——結婚して家族になってしまえば、マリーは僕にもっと心を開いてくれるのだろうか。

彼女が僕の名を呼んで泣きそうな瞳で見つめてくる。その中にはさまざまな感情が入り乱れ、漣立《さざなみだ》っているようで。

マリーを抱きしめようかとも思ったその時、誰かが遠くから僕の名を呼んだ。

そちらを振り向くと、僕の兄アールが手を振りながらこちらにやってくるところだった。後ろには義姉のフレール・リプトン伯爵令嬢を引き連れている。

僕は内心眉を顰《ひそ》めた。

兄も僕に負けず劣らず良い性格をしている。同族嫌悪というやつだ。

アールめ、今日は僕達がここでデートしてることを知っていたはず。一体なんのつもりだ。

そう思いながらも僕は努めて表情を崩さず、立ち上がってマリーに手を貸した。来てしまった以上は紹介しないわけにはいかない。

兄だと紹介すると、マリーは優雅に淑女の礼を取って挨拶をした。兄は笑顔を見せながら「妻と共に近くを通りかかったものですから」「お邪魔して申し訳ありません」などと殊勝な言葉を吐いているが、間違いなくわざとだ。白々しい。

僕の婚約者であるマリーを見に来ただけなのか、それとも。

いや、ただ見に来ただけのはずはない。嫌がらせのように義姉を連れてきているのだから。

僕は義姉フレールが苦手だ。

結婚式の時は始終暗い表情をしていた。新婚生活が始まった後は、成り上がりの、しかも爵位が下の卑《いや》しい男に金で買われて結婚させられたと、人目を憚《はばか》らず嘆くようになったと聞く。

そもそも結婚を申しこんできたのはリプトン伯爵家側だというのに。

僕が兄に会いに伯爵家へ行った時などは、『私達の結婚式をダシにして随分《ずいぶん》と儲けたそうね。身内でさえ金儲けの道具にするなんて、流石《さすが》は卑《いや》しい血筋ですこと』などと蔑《さげす》んだ目で嫌味を言われた。

同じ伯爵令嬢でも、美しく心優しいマリーとは大違いだ。

「初めまして、キャンディ伯爵家の三女マリアージュと申します。先日、こちらのグレイ様と婚約したばかりですの」

「キャンディ伯爵家がなぜこんな……」

やってきた義姉ににこやかに挨拶するマリー。フレールは驚きのあまり動揺しているようだ。

「え？」

「っ、フレール・リプトンですわ。お見知り置きを」

首を傾げたマリーに義姉ははっとしたように慌てて挨拶を返した。

ここで僕が挨拶しないのは流石《さすが》に不自然だろう、と気が重くなる。

気が進まないままお久しぶりですと言うと、案の定フレールは鼻を鳴らし、軽蔑の眼差しを向けてきた。

「兄よりも随分《ずいぶん》うまくやりましたのね。これだから卑《いや》しい血筋の汚れた赤毛は。キャンディ家の弱みでも握りましたの？」

僕は奥歯を噛み締める。

マリーの目の前で言うのだけはやめてほしかったのに。

口が過ぎると妻を窘《たしな》めているつもりだろうが、アールの野郎、目が笑ってやがる。もしかしてこれが目的だったのか。

怒りを必死に堪《こら》えていると、マリーが肩を震わせだした。

「うふふ、未来のお義姉様は随分《ずいぶん》と面白いことを仰《おっしゃ》るのね」

キャンディ伯爵家が僕の弱みを握って、彼女自身が僕との婚約を望んでいるのだと笑う。

冗談交じりだろうけれども、その声の響きにはどこか挑戦的なものが混じっているように感じた。

それを受けて、義姉が「はぁ!? 貴女《あなた》、正気なの？」と叫ぶ。そして、由緒ある貴族が赤毛の商人上がりの男と結婚すれば社交界で笑い者になるとヒステリックにまくし立てた。

貴族にとって社交界に出られないというのは致命的。

しかしマリーは怯《ひる》みもせずそんな言葉もどこ吹く風。社交界になんて出ませんもの、と肩を竦《すく》めた。

儚《はかな》げで奥ゆかしいマリーがこんな返しをするなんて。彼女の新たな一面に、僕は呆気に取られて目を瞬かせる。

それと同時に――確かに、と思った。

社交界に出ている人が、自身の言動によってあれこれ噂を言われるのならば仕方ない面もある。

しかし実際に会ったことも話したこともない人を悪し様に言うような者はあまりいない。せいぜいどんな人だろうかと興味を持つぐらいか。

悪口を言えば、よく知りもしないくせにと逆に言った本人が礼儀知らずの小人物と見なされる。

もちろんそれは建前で、陰では多少こそこそと言われるかも知れないが——少なくとも表立っては言えないはずだ。

未知の存在にはいかなる評価も下せず、悪口は言いようがないのだから。

マリーは僕と婚約できて果報者だとさえ言ってのけた。フレールは口をはくはくとさせ、二の句が継げないでいる。

「私、気分が優れないので馬車に戻りますわ！」

やっとそれだけを言うと、義姉は踵《きびす》を返した。逃げるように馬車のほうへ遠ざかっていく。

妻が大変失礼しましたと顔を真っ赤にしたアールが頭を下げた。心優しいマリーは気にしておりませんと笑い、菓子を包んで渡してやっている。

アールはそれを受け取ると、何かを堪《こら》えるような表情になった。

「お詫《わ》びは後日必ず！」

去り際の一瞬、兄が潤《うる》んだ目で僕のほうを鋭く睨む。

なんでお前だけ——そう言われた気がした。

「……嵐のようでしたわね」

本当だよ。アールのせいでせっかくのデートが台なしだ。

僕は悔しさと申し訳なさで縮こまり、すみませんとしか言えなかった。

「……取りあえず、私達もお菓子を食べましょうか！　座りましょう」

マリーは僕を元気付けるように明るく言うと、座るように促した。緑のお茶はすっかり冷めてしまっている。侍女が温かい別のお茶を淹れなおしてくれた。

マリーが、伯爵家独自のものなのだろう、カステラというふわふわとした手触りの珍しい菓子を美味しいからと僕の手に持たせてくれる。

――ああ、どこまでも心優しく美しいマリアージュ姫。

彼女が最初から好意的で、あまりにも優しすぎるから何も考えていなかった。

アールのことは確かに業腹《ごうはら》だけど、同情するべき点もある。一つ間違えば僕がアールの立場になっていたんだから。

マリーの前で繰り広げられた義姉フレールの言動は、僕に本来の立場を嫌という程思い出させてくれた。

あれこそが商人上がりの男と結婚した上級貴族令嬢の普通の反応なんだ。

それに、赤い髪の毛だって。

これは祖父の血だ。

祖父や曾祖父もまた、蔑《さげす》まれて生きてきたと聞いた。だからこそ一つの土地に留まらない交易商人になったそうだ。

太陽神信仰が薄い外国であれば、赤毛はそこまで嫌われることはないから。

太陽神の教えが広がっている国では、程度の差はあれども基本的にあんな風に蔑視《べっし》の対象となる。兄も僕もどんなに辛い思いをしてきたことか。

僕みたいな男と婚約できて果報者だとマリーは言ってくれたけど、赤毛も含めて僕のことをどう思っているんだろうか。

彼女の望む生活を与えられるのは何もルフナー子爵家だけじゃない。

他の下級貴族でも商売や交易に手を出している家はあるし、それなりに裕福なところも少なからず存在している。

サイモン様は僕を見込んでくれたけど、マリーは僕が相手で本当に良かったのだろうか。

疑問はまだある。

ルフナー子爵家はキャンディ伯爵家という後ろ盾を得るけれども、反対にうちが伯爵家に与える利点はなんなのだろう。

兄夫婦のように財産と爵位の取り引きならまだ分かる。でも僕達の婚約にそれがあるのだろうか。

サイモン様から聞いたこと、そしてそこから導いた僕が選ばれた事情は真実に近いのだろうけれども、肝心の彼女自身の口からは何一つ聞いていなかった。

彼女の気持ちと、僕との婚約で本当に良かったのかということを。

それに気付いて項垂《うなだ》れる。

同時に分かってしまった。

きっと怖いんだ。義姉が兄にするように、マリーに拒絶されるのが。

「……どうかなさいましたの？」

気遣わしげに問いかけられる。僕はその優しさに縋《すが》り、なけなしの勇気を振り絞《しぼ》った。

マリーはしばらく考えるそぶりを見せたが、赤毛に対する世間の認識を教えると、彼女は「ふうん、そうなんですの」とどうでも良いことのように相槌を打つ。

赤毛にまつわる迷信は信じていない——そう淡々と理性的に述べられたことに拍子抜けする。

赤毛は彼女にとって問題ないことは分かった。

続けて、彼女自身の気持ちとして本当に僕で良かったのかと訊くと、マリーはふぅと大きく息を吐く。

「……私ね、そもそも身分は問わないから裕福で有能な大商人と結婚したいと父にねだりましたの」

僕は驚きに耳を疑った。身分はそもそも関係なく、大商人と結婚したかった⁉　しかも、僕が交易商人であることが嬉しい誤算だったのだと。

なぜだと問うと、普通の伯爵令嬢の望むような、より高い家柄の貴族との結婚ではマリーの望む幸せが得られないと言う。ならばと先程の疑問をすべてぶつけてみた。

ルフナー子爵家と同じような他の貴族ではなく、なぜ僕が良かったのか。そしてキャンディ伯爵家が得られるメリットはなんなのか。

マリーはキャンディ伯爵家が得るものは、キーマン商会の持つ外国との繋がりだと屈託《くったく》のない笑みを浮かべた。嬉しい誤算はそれなのだそうだ。

「キーマン商会は国外にも数多く支店があるのでしょう？」

「……それは、ありますが」

いざという時にマリーを守って国外に逃げることはできると思うが、それはキャンディ伯爵家と婚姻を結ばせる程の強みなのだろうか。首を傾げる僕にマリーは語った。

伯爵家は豊かだが、土地に縛《しば》られている。王国が滅亡すれば家は断絶し、何もかも失う。

しかし交易商人であるルフナー子爵家は国外に財産と商会が残る。

「――国に縛《しば》られない、国という囲いが意味をなさない、それこそが交易商人たるルフナー家の強み。残念ながら身分と血筋がすべてと思っていそうなフレール嬢の価値観では理解できませんわね」

語るにつれて彼女の蜜色の瞳が陰影を増し、その奥には底知れない冷めた光が宿った。

それまでの豊かで愛らしい表情とは打って変わって、別人のように作り物めいた貴族らしい笑みが浮かぶ。

初めて見る彼女だった。こんな表情もするのか、と僕はごくりと唾《つば》を呑みこむ。

マリーの価値観は独特で、貴族令嬢のそれじゃない。

ものの見方もそうだ。教会は交易商人に似ていると語った時の祖父を彷彿《ほうふつ》とさせた。

「しかしこのトラス王国は平穏そのものです」

万が一のことが起こらない限り、結局はキャンディ伯爵家が損をすることになる。

トラス王国は大国であり、たとえ戦争があったとしてもそうそう滅ぶようなことになるとは思えなかった。

どこか釈然としないものを抱えていると、マリーは「ご自分の魅力が満更でもないことを納得していただけたかしら？」と、元の彼女に戻って莞爾《かんじ》として笑う。

「さ、難しい話はこれでおしまいにしてお菓子を楽しみましょう。はい、あーん♪」

口元に差しだされた一口大の焼き菓子を、僕は無意識に口に含んでいたようだ。

サクサクとした歯触り、小麦粉とバターの優しい味わい。

マリーの瞳の色のようにとろりとした蜂蜜の、中毒になりそうなどこまでも優しい甘味が口いっぱいに広がる。

食べさせてもらったのだと理解した瞬間、とても恥ずかしくなった。

明後日の方向を向いて口をもぐもぐさせる僕の耳に、マリーの忍び笑いが聞こえてくる。

手に持ったカステラという菓子をえいと思い切り頬張ると、ふわふわとした食感でとても美味しかった。

そうこうしている内、僕の馬が騒ぎ始める。そちらを振り向くと、苛立《いらだ》たしげに前脚で地面を掻《か》いていた。一体どうしたのだろう。

マリーも馬が空腹ではないのかと心配の声を上げている。

「何かお馬さんにあげられるものはないかしら？」

侍女が「これはいかがでしょうか？」とイチゴを取りだした。マリーはそれを受け取ると、僕のほうに向き直る。

「グレイ、お馬さんに差し上げてもよろしくて？」

「構いませんよ、僕も一緒にあげましょう。苛立《いらだ》っている馬は危険ですから」

一緒に連れ立って馬の所へ行くと、僕の使用人が暴れないよう押さえてくれていた。

マリーが差しだすイチゴを美味《うま》そうに食べる馬。僕はその鼻面を撫でて宥《なだ》めながら、馬に起こったであろう異変を探していた。

ふと、マリーが何事かを呟く。

何かと思えば、馬の名前を『リディクト』と決めたと大輪の花のように破顔した。

これで本当に、僕の馬は二人のものになったのだ。

僕はマリーに礼を述べる。そう考えたら一層こいつを大切にしていかなければ。

「良かったな、リディクト」

馬に囁《ささや》きながらそんなことを思う。彼女に名前をもらったこいつが少々羨《うらや》ましかったけれど。

「……グレイ。私、お花摘みに行ってまいりますわ」

馬がイチゴを食べ終えると、マリーはご婦人の用事に行くと言いだした。

侍女を連れて修道女のいる建物へ向かっていくマリーの姿。ラベンダーの中を歩く彼女は同じ色の乗馬服も相まって、まるで妖精のようだ。

彼女をずっと見送っていると、「グレイ様」と使用人に扮《ふん》した護衛が声をかけてきた。

「つい先程、潜ませていた者達がこちらを窺《うかが》っていた不審な者を数名取り押さえました。気配に聡い良い馬ですな」

護衛が、良からぬ気配を感じたのだろうと馬を——リディクトを褒める。僕が慌ててマリーのほうを見ると、丁度建物に入っていったところだった。

彼女は今、女二人きり。

非常に危険だ。命や身柄を狙われるとしたらこの時しかない。

「っ、マリーは!?」

「ご心配はいりません。あちらには伯爵家の方がいらっしゃるかと。彼らは私よりも手練《てだ》れです。あの侍女の方も、身のこなしからして心得がおありでしょう」

それでも絶対の安全ではない。僕はやきもきしながら修道女の住まう棟の出入り口を注視する。

やがて、用を終えたマリーが出てきた。

ラベンダー畑の周囲を回るようにしてこちらへ戻ってくる。傍には森林——できるなら、畑の真ん中を通ってほしかった。

ハラハラしながら見守っていると、彼女は何か楽しいことでもあったのか、途中でスキップを始めた。

　と思えば、今度はある場所で立ち止まって林のほうをじっと見ている。もしやと思わず駆けだしそうになった僕を、護衛が止めた。

「離せ、マリーが！」

「武器も心得もなしに行ったところで何ができるのですか。下手に動かれると伯爵家の方々が混乱します。お気持ちは分かりますが何事もなかったようになさってください。こちらが気付いていると敵に気取られれば護衛がより難しくなります」

　そう小声で諭《さと》され、それが的を射ているだけに僕は必死に衝動を抑えた。

　マリーのほうを見やると、彼女は林のほうを指さしている。侍女が首を振ると、ぴょんぴょんと小さく飛び跳ねながら何かを言っているようだった。

　侍女は頷き、林に入っていく。少しして戻ってきた侍女が何かを言うと、マリーは首を振った。そしてとぼとぼと力なくこちらへ戻ってくる。

　彼女が無事で良かった。ホッとした僕はお帰りなさいと声をかけた。

「マリー、どうかなさったんですか？　林を指さしていらっしゃいましたが」

「ええ、それが……」

　歯切れが悪い。侍女がそれを引き取った。

「先程、林の中に庭師をご覧になったと」

「庭師？」

「はい、伯爵家の庭師でございます。しかし彼は当家の庭が職場。ここにいるはずがございません。私も林に入って確認致しましたが、やはり何もおりませんでした。お嬢様は初めての外出ですし、恐らく日差しにあてられて白昼夢でもご覧になったのでしょう」

僕は侍女の目を見る。笑みの形に細められた目は「確かにいたが、いないことにしておいた」と雄弁に語っていた。使用人に扮《ふん》した護衛をちらりと見ると、肯定の頷き。

「なるほど……」

僕は理解したと頷く。

貴族の雇う庭師というのは何かと便利な立場であり、影の仕事をこなす者も多い。

恐らくマリーは、庭師の護衛としての姿を垣間見《かいまみ》てしまったのだろう。

偶然なのだろうが、護衛対象に姿を見られるというのは影に徹する者としては少々失敗だったのかも知れない。

しかしそれは心得た侍女によって見間違いだと誤魔化《ごまか》されてしまったと。

マリーを見ると、落ちこんだ様子で何事かを考えている。

仕方ないとはいえ、見たはずのものをこうも否定されては、マリーは自分が幻覚や幽霊を見たのではないかと悩み、恐怖することになるだろう。

そう考えてなんとか気分転換させようとあれこれと話しかけたが、返事はどこか上の空。彼女の心は晴れないようだった。

こんな調子じゃデートを続けるよりは帰ったほうがいいかと思う。また良からぬ輩《やから》が湧かないとも限らない。

もう夕方近くだし、このままここにいても仕方がないだろう。

「お疲れのようですし、そろそろ帰りましょうか」

マリーが頷いたので指示を出す。使用人達が大急ぎで後片付けを始めた。

僕はマリーを馬上に乗せ、キャンディ伯爵家への帰路をできる限り急いだのだった。

第三章

場所はキャンディ伯爵家、ダディサイモンの執務室。

馬《ハリボテ》リニューアルショックの後、私は失念していたダディへの直談判に来ていた。

有能な私の侍女サリーナはカチャカチャとお茶を用意している。私はお気楽な活動着で豪華なソファーに座って脚を組み、ホストクラブに来た我儘《わがまま》金持ち女のごとくふんぞり返っていた。

一体お前は何しに来たんだというダディの呆れた視線にも私は一切動じず、髪の毛をくるくると指に絡めながら切りだす。

「ダディ〜、マリーはグレイとの結婚の日取りを決めたいんだけどぉ〜」

私の言葉にダディサイモンは瞠目《どうもく》し、「は？」と声を上げた。

「ちょっ……待て待て待て。つい先日婚約して初デートが終わったばかりだろうが。もう結婚の日取り決めって、気が早すぎるにも程があるだろうっ！」

「甘いですわ、ダディ――そうやってグズグズしていると逃げられたり誰かに掻《か》っ攫《さら》われたりしてしまうのです！　純情なふりをしながら実際は複数の条件の良い男だけをえり好んでピンポイントで誑《たら》しこむピンク頭の糞ビッチが湧かないとも限らないでしょう⁉　マリーの大事な大事なグレイがそんなのにたぶらかされて婚約破棄を言いだしでもしたらどうするんですか！」

バンとテーブルに手をついて、肩をゼイゼイさせて言い切った私。

この世界で乙女ゲームのような展開にならないと誰が言えようか。

グレイが商人枠でどこかの女の攻略対象になったらどうしよう——そんな私の心配が理解できないであろうダディは、案の定呆気に取られた表情をしている。

「ピンク頭とはなんだ？　それと、汚い言葉を使うのはやめなさい。まったくどこで学んだんだ」

「ピンク頭は『お金や身分じゃなくて真実の愛が大事なのぉ～（ミャハ♪）』ってわざわざ口にする嘘つき女のことです！　その薄っぺらい言葉を振りかざして条件の良い男にばかり言い寄るんですよ。傍《はた》から見れば嘘くさい言葉ですが、馬鹿な男は『なんて純情なんだ！　この子だけは財産でもなく身分でもなく自分を本当に愛してくれる』ってまんまと騙されるんです！」

ダディも騙されないでね！　と言えば、ダディサイモンは呆れたように頬杖をついた。

「そういう女には流石《さすが》に騙されないんじゃないか？　あの男はそれぐらいの嘘は見抜きそうなもんだが」

「安易に構えてちゃダメよダディ。油断から足をすくわれるんだから！　戦と同じで、想定外すらも想定内に含めて最悪の事態に備えなければなりません。結婚は生き物、備えを怠《おこた》って時節を見失っては勝てるものも勝てませんわ。用兵は『風・林・火・山』——そう、異国の古《いにしえ》の英雄は申したそうです」

熱く語るものの、ダディは冷ややかに私を見るばかり。それでも挫《くじ》けずに続ける。

「風のごとく素早く、相手に気取られないよう林のごとく静かにことを進める。火のごとく一気呵《いっきか》成《せい》に攻めこみ、入籍という首輪を付けてしまえばもうこっちのもの。後は山のごとく動かなければいいのですわ。勝負がついてしまえば、グレイが私のすべてを知ってしまったとしても後の祭りで諦めてくれるでしょう」

競馬でも最終コーナーを回った最後の直線は力の限り一気に走り抜けなければ負ける。僅差《きんさ》でも勝負はつくのだ。

キリッとして言い切ると、ダディははぁ～っと溜息を吐いた。

「それにしてもお前に用兵まで語られるとは。こんな内容でなければ素直に感心できたのにな……」

「で、日取りはどうします？　明日？　一週間後？　一か月後？　最短でお願いします。急いで！　ハリーハリーハリーハリー！」

執務机に手をついてピョンピョン跳ねて急かす。しかしダディは眉を顰《ひそ》めて首を振った。

「何を馬鹿なことを。貴族の結婚は庶民のように簡単じゃない。普通ならお前が最低でも十五歳になってからの話なんだ。急いで準備しても一年はいる。腐ってもお前は伯爵令嬢だ。相応の花嫁衣装や家財道具を誂《あつら》えるのにどれだけかかると思っている」

「えぇ～、じゃあ先に籍だけ入れてもいい？　結婚式は遅くても構わないから～」

「そんなことをすればうらにも相手の家にも変な噂が立つだろうが！　ダメだ、ちゃんと待ちなさい。ほら、急《せ》いてはことを仕損じる、と言うだろう？」

ちっ……

内心舌打ちをする。私は頬を膨らませた。もっとすんなりいくと思ってたのに。

前世なら籍を先に入れることも簡単だった。こういう時本当に不便だ。

ダディは宥《なだ》めるように私の肩に手を置いた。

「そう急《せ》くな。結婚式の日取りについては先方と話して決めておいてやる。結婚式が決定事項となればお前も納得するだろう？」

「――ちゃんと、もう返品は一切受けつけませんって言っておいてよね」

「分かった分かった。それよりも、先日言いかけていたこととはなんだったんだ？　あの、ほら……お前がグレイと結婚するなら我が家を発展させるもっともっと良い考えがあると言っていただろう」

「あぁ、あれ。話してなかったっけ？」

そうだ。あの時はママンや姉達の説教が始まってそのまま忘れてたんだった。

少し長くなりそうなのでサリーナのお茶が用意されるのを待つことにした。ダディもソファーに移動している。

私は紅茶を一口啜《すす》ると、どんな風に話そうかとしばし考えを巡らせた。

「ええと……これは株式制度とも関わってくるんだけどね。確認だけど、株式制度っていうのは、ものを少なくない人でも株券を売り、出資を受けることで商売を始めることができるようにしたもの。株式商人は出資された金額に応じて利益を株主に還元する。ちゃんとした出資者がいて商売するのに金を借りる必要がなくなれば、不当な高利貸しによる犠牲者を減らせる利点がある。今は高利貸しが実質野放しになってるようなものだし。商人が増えれば競争原理が働いて市場が活性化し、税収が増える——ここまではダディにも話したよね。それで領地内で試験的に制度を整えることになって、グレイに助言を求めたんだし」

「ああ。高利貸しの力を削《そ》げるのは良いことだ。特に最近はあくどい噂しか聞かないからな。うちで試してみて、うまくいけばいいのだが」

「実はね……ダディに話した内容はあくまでも商人側から見た話だけなんだよね。出資する側からすれば、その商売がうまく行けば良し、価値の上がった株券は売り飛ばしてもいい。更にはその商売に口出しする権利を得て、支配することができるの。うまく行かなかったら出資した分は損するけど、身ぐるみ剥がされる心配はないし」

実際には支配ではないが、まあいいだろう。

お茶のお代わりを催促して、私はお菓子を摘まんだ。

今日のおやつはジンジャークッキー。一世紀程前にどこぞの坊さんが「流行り病には生姜《しょうが》がいい、生姜《しょうが》食え生姜《しょうが》!」って言ってできたらしい。

健康に良いし、香辛料が紅茶とよく合う。

うん、シェフはまた腕を上げたなぁ。良き良き。

「……ちょっと待て」

「もう、最後まで聞いてよね！　貴族であるキャンディ伯爵家が商売をやるとあれこれ言われるかも知れないけど、うちが株券を買えば有能な株式商人達を育てて支配できるんだよ～♪　そこで、更なる一手。銀行設立なのです」

「何か嫌な予感がする……」

人差し指を立てた私にダディがぼやく。その予感はまぁ間違っちゃいない。前世では当たり前だったけど、実態は無から有を作り出す錬金術なのだから。

お茶で唇を濡らしてから、私は口を開く。

「ある所に金貸しがおりました。金貸しは、金を貸して利子を得ることが商売です。繁盛し大金を扱うようになった商人達が、金貸しに金を預けるようになりました。金を預けて預かり証を発行してもらい、返してもらう際にはその預かり証をもって引き換えるのです。商人達は時間が経つにつれ、預かり証で取り引きをするようになりました。重たくかさばる金を持ち運びするより、そのほうがずっと楽だったからです。その内に金貸しは、誰も預かり証を持って金を引き出しに来ないことに気付き始めました――そこで、一計を案じたのです。『どうせ誰も引き換えに来ない金庫の金を、別の誰かに貸しだして利息を取れば、自分の金に手を付けずに儲けられるんじゃないか』」

「おい……まさか」

「金貸しは、金を貸す時に土地や財産を担保にするようになりました。返せなければ担保はそっくりそのまま自分のものになるから、損をする心配はありません。こうして金貸しはがっぽり財産を蓄《たくわ》えるようになりましたとさ」

「……それで」

少し怖い顔をしたダディに促され、私はチェシャ猫のようにニシシッと笑ってぱちりと両手を合わせた。

「ええ、それで。この金貸しは後に銀行と呼ばれる機関へと発展します。私達も同じように銀行を設立して、金貨や銀貨を預かり、その代わりに預かり証を発行する。この預かり証は便利なので、いずれ金貨や銀貨の代わりに商売の取り引きに使われることになっていくでしょう。更に、うちは銀山を持っています。万が一、金を預けた人が皆して支払いを求めに来るようなことがあっても、銀山が枯渇《こかつ》しない限りは対応可能。これと株式制度をちょいと組み合わせると、うまくすれば陰から商人達を支配できるようになるんですよ。国外にも銀行の支店を作って、交易商人であるグレイが預かり証を広めていけば、ゆくゆくは国外の商人に影響を及ぼすことも可能に。トラス王国はもちろん、外国の経済すらも操れれば、我が家は無敵どころか世界征服も不可能ではなくなるのです！」

おぉ～！　パチパチパチパチ……と一人スタンディングオベーション。

ダディは疲れたように額に手を当てた。

「……グレイが交易商人であることを非常に喜んだ理由がそれか」

私はこくこくと頷く。

「実はそうなの～♪　それに、ルフナー子爵家が銀行事業に噛んでくれれば、元々商人なんだし風当たりもそこまでじゃないと思うわ。キャンディ伯爵家としても、貴族としての面子《めんつ》は立つでしょ？」

グレイの実家が交易を行う大商会をしていると聞いた時からこの絵を描いていた。

実に良い考えだ。多少摩擦《まさつ》や障害があるかも知れないが、成功率は高いだろう。前世での前例もあることだしな。

この世界はまだ軍事戦争が常識。経済戦争に一足早く乗りこんで勝ち進み、国境に囚《とら》われず経済支配地域を広げて盤石《ばんじゃく》にしてしまえば私のニート生活もまた安定する。

目指せ大いなる勝ち組、世界を操る闇の政府ディープ・ステイト！　ダディの前で両頬に手を添えてニコニコする私。

ダディサイモンががくりと頭を下げる。どうしたんだと思った瞬間、その顔が天井を向き、特大の雷が落ちた。

「お前は！　なんというとんでもないことを！　考えるんだ！　それは詐欺だろうがぁぁぁ!!」

もー、うるさいなぁ。耳の鼓膜が痒《かゆ》くなるじゃん。

ああああ、と癇癪《かんしゃく》を起したように頭を掻《か》きむしっているダディ。大袈裟な。

私は耳に小指を突っこんだ。掻《か》き掻《か》き。

「詐欺じゃないよ、錬金術ではあるけど。良心のない高利貸し達がこの仕組みを思いついたらもっと困ることになるんだよ～？　時間の問題だと思うけど。だからこそ、その前に私達が良心的にやってしまおうって話なの。高利貸しが力を持てないように法整備をした上でさ。それに銀山はあるから破綻《はたん》は絶対しないしぃ～」

飄々《ひょうひょう》と言ってのける私。ダディは般若《はんにゃ》みたいな顔になって歯ぎしりしている。

「ぐぬぬ……私が禿《は》げたら間違いなくお前のせいだな」

禿《は》げの般若《はんにゃ》かぁ～、ぷぷぷ。

噴きだしそうになっていると、ダディはチベットスナギツネのような顔で容赦《ようしゃ》なくアイアンクローをかましてきた。かなり痛い。

「――今何を考えた？」

「な、なんでもないよ～。離してよ、痛いってばぁ」

しばらくしてやっと解放され、結局「考えておこう」ということで執務室を追いだされた。

これまでの経験からして、多分ダディはなんのかんの言って結局この話に乗るんだろうな、と思う。

もちろん私は実行部隊には加わらない。ダディとグレイには是非頑張ってほしい。

それにしてもダディサイモンめ、か弱い娘になんてことをするんだ。

――そうだ、今度『禿《は》げの般若《はんにゃ》』をハンカチに刺繍《ししゅう》してグレイにあげようっと。

楽しいことを思いついた私は、さっそく取りかかろうと自室へ向かう廊下をスキップしていった。

朝は遠く鶏鳴《けいめい》の声。今日も良い天気になりそうだ。

日課である朝の乗馬。今日は本人達のたっての希望で弟イサークと妹メルローズを連れていたので、馬の脚は一人多かった。

そのまま鳥達への餌《えさ》やりへ。

本日の設定は大人しめに『大判小判を撒《ま》いて金持ちであることを誇示する吉原《よしわら》のお大尽《だいじん》』。子供にも分かりやすく、説明もふわっと「困った人々に雨のように金貨を降らせてあげるお金持ちのおじさんになりきってやってみよ〜！」という感じでやった。

私も教育にはそれなりに気を遣うのだ。

屋敷に戻ると、弟妹達と一緒に朝食の席に着く。

朝ごはんは目玉焼きに腸詰《ソーセージ》、野菜スープと自家製酵母パン。ちょっとお米が恋しい。今度グレイに手に入れられるかどうか訊いてみようか。他に欲しいものもあるし。

やはり交易商人の彼氏は高位貴族のボンボンなんかよりも遥かに素晴らしい。

そんなことを考えながらスープを啜《すす》る。煮た根菜を裏ごししたものを用いて少々ミルクも入れるとクリームシチューのようになって美味しい。

パンにケチャップと目玉焼きと腸詰《ソーセージ》を挟んで（ご令嬢は真似してはいけません）モグモグしなが

ら、今日は何しようかと考える。

弟妹達は「お大尽《だいじん》様のお通りだ～♪」「山吹色《やまぶきいろ》が雨あられー♪」等とまだ盛り上がっていて賑《にぎ》やかだ。二人とも鳥の餌《えさ》やりが大好きで何より。

好奇心が抑えきれなかったのか、カレル兄が恐る恐るといった様子でこちらを見る。

「……こないだの餌《えさ》やりで言っていた『モチマキ』は家を建てる時のものだと話していたよな。『オダイジン』とか『ヤマブキ色』ってなんだ？」

「あぁ、お大尽《だいじん》は大富豪のことで、山吹色《やまぶき》は金貨のことですわ。今日は鳥の餌《えさ》を金貨に見立てて、それを大富豪が貧しい人々にばら撒《ま》くという設定で遊びましたの」

ダディサイモンの鋭い視線を感じる。挙式の日取りについて書斎に直談判しに行ったあの日の夕食時、せめて食事中だけでも令嬢言葉を崩すなと再三叱られたのだ。

猫を被って分かりやすく説明すると、トーマス兄が「なんという……」と絶句した。

「本当にやるわけじゃなくて『ごっこ遊び』だからいいじゃありませんか。結構癖になりますわよ？　今度お兄様達もやってみます？」

「いや……俺は遠慮しとく」

カレル兄が顔を引きつらせる。トーマス兄はブンブンと首を振っていた。

「え～、すごく楽しいのにー！」

「兄様達分かってないわ！」

イサークとメリーが異を唱える。まったく同意だ。楽しいのにねー。

弟妹達に「ねー！」と同調していると、執事がすっと横に立った。

「ご歓談中失礼致します。マリー様、庭師が朝食後に是非おいでいただき、例の箱をご覧になってほしいと。無事に住人が入居したと申しておりました」

「えっ、マジ⁉　やったねこにゃんこ！」

被っていた猫が走り去ってしまった私は、思わず快哉《かいさい》の声を上げる。ダディから「こらっ」と叱責が飛ぶのも意識の外。

心が弾んだ。これが成功すれば事業になるのだ。私の小遣いも増えようってものである。

「マジ？」

「こにゃんこ？」

姉二人が首を傾げる。ダディが額に青筋を立てた。

「……お前のあの馬《ハリボテ》をグレイに教えてやってもいいんだぞ」

「あらやだ、私としたことが」

ほほほほ、と取り繕《つくろ》う私。グレイに知られたらアホの子を見る目で見られてしまうじゃないか。

「『マジ』は本当ですかという意味なんですの。『こにゃんこ』は皆の心の中だけに存在する猫妖精《ケット・シー》……空想のお友達ですわ」

ちなみに『こにゃんこ』は前世で私が愛読していた人気漫画のキャラクターで、『やったねこにゃんこ！』が決め台詞《ぜりふ》の最強チートで愛くるしい猫妖精《ケット・シー》のことである。

アナベラ姉が憐れみの目を向けてきた。

「空想のお友達……マリー、ちゃんとした実在のお友達を作りなさいな」

やかましいわ！　女友達なんてのはなぁ、マラソンで一緒にゴールしようと約束していても、結局裏切って置き去りにしていく程度の友情しかねーんだよ！

……なんて本音は言えない。アナベラ姉は怒らせると意外と怖いのだ。

心の中で叫びながらも「うふふ、そうですわね～」とヘラヘラ笑みを浮かべていると、ニコニコと微笑んだアン姉が口を開く。

「『マジ』は短くていいわね。私も使おうかしら」

ちょ、それはやめて！

私は慌てふためいた。未来の公爵夫人が『まぁ、それはマジ？』なんて言って相手に目を丸くされる情景が浮かぶ。絶対ダメェェエ！

「それは少々礼儀を欠く言葉なのでよろしくないですわ」

少々天然なところがあるアン姉を全力で止めていると、「例の箱ってなあに、マリーちゃん」とママンティヴィーナ。

よくぞ訊いてくれました。

「あぁ、収穫まで成功するかどうかは分からないんですけど、蜜蜂の飼育用の箱なんですの。今は一つの蜜蜂の群れが二つに分かれる時期なので、庭師に新しく箱を作らせておいたのですが、そこにうまく蜜蜂が入ってくれたそうですわ。食事が終わったらそれを見に行きますの！」

私が去年の初秋に作らせて設置したのは、重箱式の蜜蜂の巣箱だった。もちろん一つきりじゃなくて、成功率を上げるためにいくつか作らせてある。

この世界の蜜蜂の生態が日本寄りか西洋寄りかは分からないけれど、日本蜜蜂の重箱式巣箱なら前世で学生の時に課外活動で作ったことがあったし、構造も単純なのでそれにしてみたのだ。

春になって湯で薄めた蜜蝋《みつろう》を内部にしっかり塗るよう指示してあったので、蜜蜂がうまく入ってくれて良かった。

初めての挑戦で奇跡が起きたのである。このまま逃亡しなければいいんだけど。

とは言いつつも、私の脳裏には気が早いことに山吹《やまぶき》色の蜂蜜菓子が思い浮かんでいる。

ゲン担ぎも兼ねて今日のおやつは蜂蜜菓子をリクエストしよう、そうしよう。

「蜜蜂を飼うだと⁉　なぜ報告しなかった！」

菓子に想いを馳《は》せていると、ダディの驚いた声が響く。

無理もない。こちらの世界では、蜂蜜は野生の蜂の巣から取るのが常識だ。だからこそ蜂蜜は高価になる。もし飼うことができれば、安定供給に繋がるだろう。

「だって、成功するかどうか分からないんですもの。蜂蜜をうまく収穫できれば、その時お伝えしようと思いましたの」

「分かった……庭師全員に蜜蜂飼育に協力するよう言っておこう。ただ、これから何か新しいことをやる時は事前に報告しなさい。たとえそれが試験的に行うことであってもな」

「分かりましたわ。あっ、念を入れて庭師達の口止めもしておいてくださいな」

「それがいいだろうな……任せておけ」

こういう時のダディは頼もしい。いつもこうならいいのに。

そんなことを思いながら会話していると――

「マリーお姉ちゃま、成功するといいね！」

「蜂蜜できたらメリーにも食べさせて！」

「あっ、ずるいぞメリー！　僕も僕も！」

弟妹達が騒ぎだした。

貴重な甘味である蜂蜜は、この子達も大好きなのだ。これはより一層、成功に向けて頑張らないとな……庭師達が。

「イサークありがとう。メリー、蜂さんが逃げたりしなければね。期待しないで楽しみにしておきましょう。ところでママン、午後は一緒に刺繍《ししゅう》をしませんか？」

突然話を振ると、ママンティヴィーナは口に手を当てて目をぱちくりさせた。午前中は蜂の巣箱を見に行くから、午後に刺繍《ししゅう》でもしようと思い立ったのだ。

「あらあら、もしかしなくてもグレイ君にあげるものを作るのかしら？　マリーちゃんも恋する乙女なのねぇ。熱いわぁ」

「そうなんですよ、うふふ♪　先日も三枚程差し上げましたの。ハンカチは何枚あっても困らないし、いろいろな図案が次々と思い浮かんでおりますから刺繍《ししゅう》したいと思いまして」

などと言っているが、真の目的は『禿《は》げの般若《はんにゃ》』を仕上げること。そしてその元ネタをママンに暴露することである。

内心ほくそ笑んでいると、アン姉が声を上げた。

「あっ、私も一緒にいいかしら？　ザイン様に差し上げるものを作りたいのですわ」

「それなら私も。今日は取り立ててすることもないもの」

「メリーもやりますー！」

アン姉に続き、アナベラ姉と妹メルローズも参加を表明した。

ちなみにザイン様とはアン姉の婚約者、スカした公爵家令息の名前である。

「じゃあ皆で一緒にしましょうね！」

嬉しそうなママンの鶴の一声でまとまり、キャンディ伯爵家の刺繍《ししゅう》女子会が決定した。

『禿《は》げの般若《はんにゃ》』を共有する仲間が増えて実に楽しみだ。刺繍《ししゅう》会を混沌《こんとん》の渦《うず》に引きずりこんでやろう、ククク。

一方、兄達は愕然《がくぜん》とした表情をしている。私のお誘いに素直に喜んでいるママンと違い、こちらは正常性バイアスが働いていていないようだ。

「マリーが令嬢らしいことを。今日は雪が降るのか……」

「もしやグレイ・ルフナーの影響か？　凄《すご》いなあいつ」

「あら、ではお兄様達の分のハンカチも縫《ぬ》って差し上げましょう♪」

ニコニコしながら拒否権を与えない言い回しで申し出る私。もちろんまともなデザインにする気は皆無。そんなつまらないことをこのキングオブ暇人の私がするわけがない。生活にはなんと言っても潤《うるお》いが必要だよね。

どんな図柄にしようかな。台詞《せりふ》付きで小鳥の住職さんなんて可愛いかも！

……などと考えていると、執事が「マリー様にお手紙が来ております」とお盆に載せて差しだしてきた。

ちなみに異物が入ってないか事前にチェックされるので、当たり前のように開封済みである。

貴族にプライバシーなどない。

王族レベルになるとプライバシー何それ美味しいの状態で、公開初夜までいくらしい。

例えば王子様と結婚したら国王はもちろん、教会の偉い人が祝福のために現場にいるとかなんとか。

それを聞いた時は王族と結婚なんて冗談じゃないと震えあがったものだ。日本の大名も、ふすま一枚隔《へだ》てて侍女が聞き耳を立てていたらしいけど。

自室に下着姿でいるのを破廉恥《はれんち》と見なす一方で、変なところでは羞恥《しゅうち》プレイなんてレベルの高いことをしているんだから、破廉恥《はれんち》の定義がマッハでゲシュタルト崩壊しそうだ。本気でその基準が分からない。本当に恐ろしい世界だ。

手紙を取って開く。

紙が貴重なこの世界、封筒を使えるのは富貴《ふうき》の証《あかし》。普通は封筒なしで手紙を三つ折りにして封蝋《ふうろう》スタンプ、というのが一般的である。

案の定というか、封筒に書かれた差出人はグレイ・ルフナー。

確かにアナベラ姉の言う通り、私は引きこもりだしお友達もいない。他に手紙くれる人がいるはずもない。だからと言って別に悲しくなどはない。

人間、群れると集団主義と立場主義、同調圧力に呑みこまれ、本当の自分を見失ってしまう。更には相手の承認欲求ばかりか自身のそれにも振り回されて厄介《やっかい》だ。

一人一人は比較的まともなのが多いはずなのに、集団になると途端におかしくなる――故に、孤独は人をまともにするものなのである。

それにしても何が書いてあるんだろう。少しわくわくしながら手紙を開けた。

＊　＊　＊

親愛なるマリー

美しい蝶が飛び交う季節、あれからいかがお過ごしでしょうか。ルフナー子爵家の庭には薔薇が咲き乱れ、それを見る度に貴女《あなた》のことを思い出しています。一度は我が家にも遊びにおいでいただきたいと思いながらペンを執《と》りました。

先日のデートは楽しかったですね。僕のような男にとっては、まるで夢のような一時《ひととき》でした。マリーが考えたハンバーガーもとても美味しかった。ルフナー家の料理人に同じようなものを作らせてみましたが、あの日マリーと食べた味には遠く及びませんでした。いただいた刺繍《ししゅう》ハンカチも、ありがたく大事に使わせてもらっています。

また、我が兄アールが大変失礼をしました。是非お詫《わ》びに伺いたいと申しております。つきましてはご都合の良い日時を教えていただけないでしょうか。その時は僕ももちろん同道するつもりです。マリーにちょっとした相談事もありますので。

グレイ・ルフナー

追伸　薔薇がお好きだと先日伺ったので、ささやかなものですが花束を贈らせていただきました。喜んでいただけるといいのですが。

＊　＊　＊

ほうほう、なるほど。

義兄は律儀にも謝罪に来たいと。実際に失礼をしたのはその嫁だが、あのおヒス様は連れてこれないだろうしな。またあのやり取りが繰り広げられれば恥の上塗りになりかねん。

じっと手紙を見つめる。

流石《さすが》商人、綺麗な字だわー。

字の美しさ一つで相手の印象は変わってくるからな。きっと得意先に営業の手紙を送ることもあるのだろうから、必死に練習させられたに違いない。

私も後で返事を書かないといけないが——残念ながら私はやや癖字で、グレイのような綺麗な文字は書けない。

某八十余年の歴史と超一流の先生方を誇るペン習字の美しいあの子がやるように赤ペンで添削されてお手本と共に返ってきたらどうしよう。

そうなったら正直立ち直れなくなるんだけど。

嫌な想像はさておき。

「あら、そういえば薔薇の花束は?」

「こちらでございます。すぐに生けてマリー様のお部屋に運ばせましょう」

執事が他の使用人から受け取って差しだしてきた花束を受け取る。

ピンクの可愛らしい花が五本程、レースだのなんだのの装飾を付けて束ねられていた。素直に嬉

しい。

「五本――『貴女《あなた》に出会えたことの心からの喜び』」

「色を合わせると、『貴女《あなた》のような、おしとやかで可愛い女性に出会えたことを心から喜びます。愛の誓いを』ってところかしら。情熱的ね」

姉二人が言いながらクスクスと笑う。なんのことか一瞬考え、すぐに思い当たった。

「ああ、花言葉！　これはそういう意味なのね」

私はそういうのさっぱり覚えてなかった。アン姉が社交界では常識よ、と笑う。

「薔薇は特に色や本数でも変わってくるの。マリーも隅《すみ》に置けないわ」

「恋は盲目ね……」

「……」

アナベラ姉の言葉が非常に痛い。

まぁグレイの中の私がそうなるように猫被って頑張ったからな。これはその勲章《くんしょう》とでも思っておこう。

花束を執事に返し、手紙に戻る。

そういえば、ちょっとした相談事ってなんだろう。まさか結婚式の日取り？

後、ご都合の良い日時……私のようなニートはいつでもオーケーなんだけど。どうしたもんか。

うーむ、と考えこんでいると、「どうした。悩むような内容だったのか？」とトーマス兄が手紙の内容を訊いてきた。

ちなみにデート当日の義兄夫婦との遭遇は両親には報告済みである。

「……というわけなんですの」

カレル兄も二人の姉達も興味津々な表情だったので、デート中に起こった出来事と義兄アールから謝罪来訪の申し出があったことをかいつまんで説明する。

「へぇ、そんなことがあったんだ」

と、カレル兄。

「リプトン伯爵家の……フレール嬢ねぇ」

「何か知っていますの？」

イケメンのカレル兄は顔が広い。

社交界ではいつも男女問わず人に取り囲まれているらしいから、情報通なのである。

「ここ数か月程でいろいろと噂になっていた。人目を憚《はばか》らず癇癪《かんしゃく》を起こしては夫にあたるのだと」

「数か月——その前はどうなんです？」

「いや、その前はそんな噂は聞いていない。結婚する前もまったく。癇癪《かんしゃく》持ちなら噂になってもおかしくないのにな。だから元々は大人しい人だったんだろうと思うが」

カレル兄が首を傾げると、黙っていたアナベラ姉が口を開いた。

「社交界では『悪魔のような男と結婚させられて可哀そう』『これでリプトン伯爵家は安泰』だの

評価が二分していましたわね。最近では夫のほうに同情する意見もちらほら出てきていましたけれど」

「……そうなんですの」

だとすれば、彼女に何かそうさせるような出来事があったんだろうな。

「マリー、訪問の日程は執事に言って調整するといい」

「はい」

どうせ私は暇だし、調整が必要なのはもてなす準備をする使用人達だ。

これで解決とばかりにダディの言葉に頷いていると、ぼそぼそ二人で話していた兄達がこちらを向いた。

「マリー、当日私達も同席していいか?」

「俺、お前の婚約者に凄《すご》く興味がある」

「は?」

私は固まった。いや、ちょっと兄達同席すんの?

思考停止していると、姉二人も顔を輝かせはじめた。

「私も。気になるからいいかしら?　あのマリーの婚約者でしょう?」

「まぁ、アナベラ。じゃあ私もいいかしら?　仲間外れは嫌だわ」

アナベラ姉、どういう意味だ!　アン姉まで!

「ちょ、ちょっと。なんでよ？」

「マリーお姉ちゃま、僕達もいーい？」

あわあわと収拾が付かないでいると、弟妹達が袖をくいくいと引っ張ってとどめを刺してきた。

一体何が起きているんだ⁉

ああああ、もしかして、もしかしなくても兄弟姉妹全員で圧迫面接するのか⁉

謝罪に来たのに審議してやるとばかりにこの面子《めんつ》に取り囲まれるとは！

このままではグレイ達が圧を受けて怯《おび》えてしまう。その上うっかり兄弟姉妹が私のことをいろいろ暴露すれば結婚をお断りされるかもしれない——そうなれば私の薔薇色のニート生活が！

ダディにママン、皆を止めてよぉ！

私は最後の頼みとばかりに視線を必死に送る。

目が合ったダディサイモンが分かったというように頷き——

「いいだろう。ただし同席するだけでマリー達の邪魔はあまりしないようにな」

ダディィイイ、違うぅぅぅぅ！

「そうねぇ、グレイ君がマリーちゃんのお婿《むこ》さんになれば親戚になるのだし。お茶会という形にしましょうか。この機会に会っておくといいわ〜」

「かしこまりました。ではそのように調整致しましょう」

ママンティヴィーナが見事な連係プレーでまとめ上げ、その意を受けたデキる執事によって、私の退路は完全に断たれた。

ぬおおおお！

私が混乱している間にまんまと決まってしまった。こういうのをショック・ドクトリンと言うのだろうか。

集団思考に流されるのはいかんな。転生前に培《つちか》われた悪しき気質が出てしまっている。

あれよあれよと決められたことによろめきながら庭へと向かう私。グレイへの手紙になんて書けばいいんだ。

階段を降りると前脚《ヨハン》と後ろ脚《シュテファン》が待っていたので、愛馬《ハリボテ》に乗って屋敷からかなり離れた果樹園に設置した巣箱に向かう。

お貴族様たるもの、かなり離れている所へは自分では歩かないのだ。


果樹には花が咲きはじめていた。巣箱を見ると、忙《せわ》しなく蜜蜂が出入りしている。

本当に入ってくれたんだ。嬉しい。

訊けば、あちこちに十個設置した内の六個に入ったそうだ。大快挙である。

後でダディに言って庭師達に褒美を取らせねば。

蜂の巣箱は掃除が必要とされるが、確かアオヤギ式と言ったか……吹き抜け構造にしてしまえばスムシという害虫の被害に遭いにくくなるのだ。

ただ、スズメバチの害が心配である。一応、罠《わな》を仕掛けて今の季節飛び回っているだろう女王蜂を捕らえるようにはしているが……

庭師の姿に戻った馬の脚共によれば、スズメバチはそれなりに捕まえたとのこと。

少し考える。

「そうだな……営巣《えいそう》が始まっているし、スズメバチの罠《わな》はもうやめていいだろう。あまり駆除し過ぎても、今度は花や野菜の害虫が増えてしまうそうだから。食物連鎖の理《ことわり》があるから匙《さじ》加減が難しいところだ」

スズメバチには害虫を食べる益虫という面もある。後ろ脚《シュテファン》に食物連鎖について訊かれたので簡単に説明してやった。庭師なら知っておいて損はないだろう。

「流石《さすが》はマリー様。ではそのお心のままに」

前脚《ヨハン》が騎士のように跪《ひざまず》いて低頭する。後ろ脚《シュテファン》もそれに倣《なら》った。

何が流石《さすが》なのかは分からないが、こいつらは時々このように畏《かしこ》まりすぎる時がある。

どこで知ったのかとか誰から聞いたのかとか問いつめてくることがないのは助かっているが……ちょっと不気味だ。ハァハァしてる時もあるし。

「その代わり、スズメバチが巣箱に入れないような工夫が必要だな。蜜蜂だけを通すような金網を作れないか？　二重に入り口を覆《おお》うのだ。後、巣箱が齧《かじ》られないようにしたいのだが……」

「なんとか考えてみましょう。金網は手配しておきます」

「ありがとう。それと、帆布《はんぷ》とガラスで防護服を作らせてあるだろう？　巣箱の様子を見る時はちゃんとそれを着て、革の手袋もした上で行うように。蜂達を人に慣らすためにも一週間に一度ぐらいは見てあげて、そして巣箱を持ち上げたりする時はそっと扱うこと。あんまり衝撃を与えると蜜蜂を怒らせてしまうから」

その他、巣が下の段に降りてきたら重箱の継ぎ足しをすること、蜜の収穫は五段ぐらいになってきた時、大体夏の終わりから秋頃になるだろうと伝える。もしかするともっと早いかも知れないが。

「巣箱は果樹園の他、畑の近くに置いてもいいかな。実りが良くなるから」

蜜蜂と農作物は相性抜群の組み合わせだ。彼らにも分かりやすく伝える。

「後で蜜を取るための道具と方法を書いた紙を渡そう。何か異常があれば報告するように」

「「ははっ」」

巣箱視察は終わった。このまま無事に蜂蜜が採れますように。

でもこの分だったら期待はできそう、かな？

ルンルン気分で屋敷に戻って採蜜のことを紙に書き記す。それを使用人に届けるよう渡すと、昼食までに一刻程あった。

時間ができたので、私は部屋で下着姿になりぐうたらすることにする。

＊　＊　＊

【初恋の野の花】

フレイは内気な伯爵令嬢。幸せな日々を送っていた。

小さな頃出かけたピクニックで、見知らぬ男の子から野の花の花束をもらったのが初恋。

しかしある日、父親が別の貴族から持ちかけられた詐欺投資の話に乗ってしまい、全財産を失って伯爵家は落ちぶれてしまった。

爵位をはく奪され庶民となった一家は下町の集合住宅住まいになり、令嬢だった美しき娘フレイはお針子として必死に家族の生計を支えていた。

そんなフレイの心の支えは、時折玄関先にそっと置かれる野の花の花束。

一体誰が？　もしかして初恋の男の子だろうか。でもまさかそんな都合の良い話……

そう不思議に思うも贈り主を探す暇もなく働き続ける日々。

彼女の努力も空《むな》しく、父はやるせない気持ちを酒で誤魔化《ごまか》しはじめる。酒に溺《おぼ》れては母に暴力を振るうようになった。

ついには高利貸しに手を出し、借金のカタにフレイの身売りを強要されてしまう。拒むこともできず、借金取りに連れていかれそうになったフレイ。

そこへ一人の冷たい美貌の男が現れ、彼女の身は私が買おうと借金取りに大金を支払い、追い返してしまった。

花嫁として男に買われたフレイ。その男は冷酷さ故に氷の侯爵と呼ばれたベノアであり、数々の浮名を流していた。

フレイはベノアに形だけの妻でいいからと丁重に扱われる。紳士的な態度を崩さぬ男にやがてフレイは仄《ほの》かな想いを抱きはじめた。

しかしベノアは次第に屋敷に戻らぬようになり、フレイは孤独に捨て置かれる白い結婚生活を強いられることに。私は必要とされていないのだわ――頭では形だけの妻だと理解していても、惨《みじ》めさと寂しさに次第に心が冷えていくフレイ。ベノアの女性関係の噂を聞く度にそれは加速していく。

ある日、フレイはベノアの恋人を名乗る令嬢に夜会で虐《いじ》められ、一人屋敷に逃げ帰り泣き崩れてしまう。

翌日、彼女が目を覚ますと、部屋の窓辺にはあの野の花がそっと置かれていた。

屋敷に閉じこもる日々の中、定期的に置かれる野の花の花束に慰《なぐさ》められてだんだん元気を取り戻すフレイ。

そんな時、父を罠《わな》にかけた貴族が捕まったとの知らせが入る。被害者にはその詐欺師の財産より補償がなされ、父の爵位も元に戻されるということも。

やがてベノアが父を始めとしたフレイの家族を伴《ともな》って屋敷に戻ってきた。感動の再会にむせび泣く一家。

父が、ベノアの別邸で保護されていたのだとフレイに話す。彼女がベノアにお礼を言おうとすると、氷の侯爵は跪《ひざまず》いて野の花を差しだした。

貴方《あなた》だったの、と呆然とするフレイ。そう、ずっと野の花を贈っていたのはベノアで、彼こそが初恋の男の子だったのだ。

ベノアは「あの時からずっと君を想っていた。証拠を暴きだすのに少し時間がかかってしまったが、どうか私と結婚してほしい」と求愛する。フレイは「はい」と涙ぐんで花束を受け取ったのだった。

＊　＊　＊

ベッドサイドでぱたりと本を閉じ、私はミルクティーを一口飲んだ。美味《うま》い。

ここのところずっとミルクティーがお気に入りである。グレイにもらった茶葉、なくなりそうなんだけど。

サリーナが手に入れてさてくれた、人気があるらしい恋愛小説【初恋の野の花】。彼女曰《いわ》く、高位貴族令嬢が庶民に落ちぶれてお針子として働くというのが斬新な設定らしい。

この物語にかこつけて、男が女に野の花の花束を贈るのが流行っているとか。

ペッ、リア充共がその場限りの流行に浮かれおって。

「うーん、私に言わせりゃ斬新というよりもむしろテンプレなんだけど。まぁこういうのが令嬢にウケてるんだろうなー。シンデレラストーリーっつうか、エロのない純愛小説っつうか」

読書でばっきばきになった体を伸ばした後、ぼりぼりと頭を掻《か》きながら感想を漏らす。

「つーか、冷静に考えたらベノアってストーカーじゃね？」

しかも幼少期からの筋金入りである。自分が主人公だったらかなり恐怖を感じると思うんだが。

昼食時に私を着替えさせに来たサリーナにそう言うと、「ベノア侯爵は美貌の方ですから」としれっと言い切った。

イケメン無罪はどの世界でも共通らしい。


待ちに待った我がキャンディ伯爵家の刺繍《ししゅう》女子会のお時間。

早速とばかりに、私は図案を描いた紙をぱらりとテーブルに開く。それをちらりと見たアン姉が顔を引きつらせた。

「マ、マリー……その変な図案は何かしら？」

「何か……不気味な絵ね。物語に出てくる怪物なの？」

「ちょっと悲しそうな顔してるのね！」

アン姉につられてアナベラ姉と妹メルローズも覗きこんで意見を述べる。

しかしメリーよ、お姉ちゃまも同意見だ！

というのも、うろ覚えで描いてみた般若《はんにゃ》は憤怒《ふんぬ》というよりもちょっと……情けない感じの悲しそうな表情になってしまったのである。

無理やり怒り顔と解釈しても、せいぜいが市場で「んまー、お高いわねぇ。もうちょっと負《ま》からないの⁉」などとごねまくってるおばちゃんぐらいの迫力しかない。

果たして元々作りたかったものを分かってもらえるだろうか。ちょっと自信がなくなってきた。

「あぁ、これは……一応、ダディが怒って禿《は》げになった時を想像した図案なの。先日、お前のせいで禿《は》げるって怒られたものだから。角《つの》で怒りを表現してみました」

「お父様⁉」

「こ、これが？」

「大丈夫、よく似てるよお姉ちゃま！」

私の説明に衝撃を受ける姉達。平常運転のメリーの慰《なぐさ》めのような褒め言葉が胸にぐさりと刺さる。

やっぱり微妙なのか……？

「サ……サイモン？　あの人が怒った顔ですって……」

それまで黙ってしげしげと図案を眺めていたママンティヴィーナがそこで初めて声を上げた。まさか自分の夫がモデルだとは思ってもみなかったらしい。

「まぁ、禿《は》げになって……プッ、プククク……」

何かを堪《こら》えている様子だったが、ついに突っ伏して肩を震わせだした。よっぽどお気に召したようだ。

「ちなみにこれが縫《ぬ》いかけのもの～」

そう言って、追い打ちをかけるがごとく掲げて見せる。

一応般若《はんにゃ》部分は完成しているのだが、画竜点睛《がりょうてんせい》を欠くというか……何かが足りない気がする。その不足分を考え、この時間に完成させようと目論んでいたのである。

それを見たママンの笑いが止まらなくなった。

抑えきれなかったそれはだんだん大きくなり、しまいには、淑女たるママンには珍しくお腹を抱えてしまっている。

最初は普段見られないママンの様子に呆気に取られていた姉達も、すぐにクスクスと笑いだす。妹はきゃらきゃらと祖母譲りの湖水《こすい》色の瞳を細めて無邪気にはしゃいでいた。ちなみにその部屋にいる侍女達も全員プルプルと震え、必死に笑いを堪《こら》えている。

瞬く間に部屋中が笑い声に包まれた。

「あぁ、おかしかった――そっくりだわ、あの人の情けない顔に！　こんなに笑ったのはいつぶりかしら」

散々笑った末、目尻に浮かんだ涙を拭いながらママンティヴィーナはそうのたまった。ママンがそう言うのなら、私も少し自信を持っていいのかも知れない。

本当はグレイにあげるつもりだったけれど……

「これ、良かったらママンにプレゼントしますね。私はまた同じのを縫《ぬ》えるから。くれぐれもダディには内密に願います」

「あら、嬉しいわ。ありがとう、マリーちゃん。見る度に愉快な気持ちになりそうね」

意外にもママンティヴィーナは私の唐突な贈り物を喜んでくれた。だったら足りないと感じている部分はママン専用のデザインを考えたほうがいいだろう。

そうだ！

私は般若《はんにゃ》の横に吹き出しを付けて、「ティヴィーナァァァ～」とママンの名を縫《ぬ》い取ることに決めた。

うん、これで点睛開眼《てんせいかいがん》なり。完成した気がする。

ちなみにそれを刺繍《ししゅう》しているのを見たママンは、再び笑い転げていた。


そしてその日の夕食時。もちろんダディも卓を囲んでいる。

女子会に参加した私以外の全員が、必死に笑いを堪《こら》え続ける苦行を強いられるはめに陥《おちい》ったのはご愛敬《あいきょう》。

私？

私は、異変を感じたダディサイモンにどうせお前が何かしたんだろうとばかりに凄《すご》い形相で睨まれて、ポーカーフェイスを保ちながら脂汗を浮かべておりましたがな。

願わくばママンがあのハンカチをダディに見せませんように……

◇◆◇

「さあ、どういうことか説明してくれるよね？　なんで僕の、しかも大事な最初のデートを邪魔したのか」

ルフナー子爵家の居間にて、僕は父や祖父が見守る中、兄アールを詰問《きつもん》していた。アールは黙ったまま項垂《うなだ》れている。

アールの置かれた境遇に同情はしてるけど、それとこれとは別だ。謝るべきところは謝って、きっちりとけじめはつけてもらわないと。

マリーとのデートから帰った後、僕は父のブルックと祖父のエディアールに、アールの所業について報告した。義姉フレールの振る舞いも含めて。

幸いマリーが天使のような女性だったから良かったものの、下手をすれば破談になっていたかも知れないわけで。

父は黙ったままパイプに煙草《たばこ》をぎゅっぎゅっと押しこんで、ポケットから革のケースを取りだした。中に入っていた火打石《ひうちいし》を鳴らし、火を点《つ》ける。

『しっかしなぁ。俺もルフナー子爵家に入った時はそれなりに苦労したが、伯爵家ともなるとその比じゃないだろうな。俺がお前の爺さんにされたのと同じように、まずは商人として一人で立って見せろということで、あえて静観して手出しはしなかったが……』

言って、ふうっと煙を吐きだす。祖父もパイプを取りだして煙草《たばこ》を詰めると、父からもらい火をした。テーブルの上をトントンと指で叩く。考え事をする時の癖だ。

『……儂《わし》が婆様と結婚してフォートナム男爵家に入った時もいろいろとあったが……今回ばかりは、子爵家にブルックを縁付かせた時のようには行かなかったのう。ブルックのようにアールも、と考えていたのが裏目に出てしもうた。流石《さすが》に貴族も上位になってくると勝手が違う。グレイよ、フレール嬢をああいう風に唆《そそのか》している相手はの、ドルトン侯爵家なんじゃ。本当に厄介《やっかい》なことになったものじゃ』

『こっ、侯爵家⁉』

僕は仰天した。そんな高位の家が⁉

父がパイプを灰皿にカナンと打ちつける。

『もっとも、裏で手を引いているのはあの高利貸し上がりの買爵《ばいしゃく》男爵カーフィ・モカだがな。やつの息がかかっているのか忠誠心が高いのかは分からんが、使用人も警戒心が強く、なかなか口を割らなんだから時間がかかったらしい』

その名前には聞き覚えがある。

アールとリプトン伯爵家の縁談が持ち上がった時、ルフナー子爵家はリプトン伯爵家の内情――特に没落しかけた原因を調べさせていたのだ。

その結果、元々リプトン伯爵領内で高利貸しを営《いとな》んでいたカーフィ・モカ男爵がリプトン伯爵を唆《そそのか》し、危険な投資をさせて借金を重ねさせていたことが分かった。

カーフィは、金で爵位を買う買爵《ばいしゃく》によってモカ男爵位を得た男。表向きは善良そうな中年男だが、やり口は蛇のように狡猾《こうかつ》でいやらしい。

実際、やつは金貸しや商人の間では『蛇』と呼ばれている。

その借金を盾にフレールとの結婚、伯爵家乗っ取りを企《くわだ》てていたのだろう、というのが父と祖父の見解だった。

しかし、その企《たくら》みはリプトン伯爵がうちに泣きついたことで瓦解《がかい》する。アールとの結婚のお陰で借金はなくなり、モカ男爵の企《たくら》みは台なしにされた。

フレールとアールの婚約が決まってすぐ、リプトン伯爵領内から出ていったそうだけど……

僕は腕を組んで思索を巡らせる。

『モカ男爵……なるほど、うちを恨《うら》んでドルトン侯爵家に話を持ちかけたんだろうね。一人では敵《かな》わないから』

『そういうことだ』

父が頷いた。

『ドルトン侯爵家の三男坊、メイソンという男を知っているか？　フレール嬢に言い寄ってアールを追いだし、後釜《あとがま》に座らんとしているのはこいつだ。女をとっかえひっかえ、浪費癖のあるろくでなしと社交界で有名だったんだが――』

そう言いながら立ち上がってチェストの引き出しを探り、一冊の本を取りだす。それをテーブルの上にどさりと投げた。

『こんな下らん三文小説をこしらえ流行らせて、やつの印象操作をしている。カーフィの入れ知恵だろうが、仕込みも随分《ずいぶん》とご丁寧なことだ。今や貴族のご令嬢達は皆、この物語に出てくる男にあの侯爵家三男の面影を重ねて持て囃《はや》しているらしいぞ？　それに乗っかって、貴族令息達がご令嬢達に野の花を贈るのが流行っているとか』

ふん、と小馬鹿にしたように鼻を鳴らす父ブルック。

テーブルに投げだされたのは、【初恋の野の花】という小説だ。

僕もこの小説のことは知っていた。言われてみれば確かに、流行りはじめたのはアールの結婚式ぐらいからだったように思う。

『やつがそこまで復讐心《ふくしゅうしん》を燃やし、まさか侯爵家まで引っ張りだしてくるとは思わなかった。蛇は執念深いからな。アールはまだ青二才、太刀《たち》打《う》ちは難しいだろうよ。毒牙にかかる前に、アールを引き戻したほうがいいのかも知れん』

『残念じゃが、傷がこれ以上広がらん内に手を引くのがいいじゃろうな。侯爵家では相手が悪すぎる』

　祖父も溜息交じりに同意した。

『しかしそうなると次の縁談がのう……』

『ちょ、ちょっと待って。アールはこのことを知っているの？』

『現状、リプトン伯爵家の使用人は結託してドルトン侯爵側に付いておる。アールも薄々は気付いておるかも知れんが、はっきりとは知らんじゃろうな。じゃが、そのほうがいっそ安全じゃ』

　祖父エディアールの言葉で居間に沈黙が下りた。

　僕はとにかく一度アールと腹を割って話さなきゃと思った。謝罪もしてほしいし。

『お爺様、お父様。僕、一度兄さんと話をしたい。兄さんもキャンディ伯爵家に謝罪に行きたいって言ってたからどの道話さなきゃいけないし、このこともちゃんと知ってから決めたほうがいいだろうから』

　僕はアールに手紙を書いた。

　父と祖父にデートの時のことは報告した。一度話したい。ルフナー子爵家に訪ねてこなければ僕はキャンディ伯爵家へとりなしの手紙を書かないぞ、との旨《むね》を認《したた》めて。

　アールのことだ、一人で行くのと僕を連れていくのとどちらにするか考えたら後者を選ぶに決まっている。

　果たせるかな、返事は数日で来た。

そして、返事を受け取った次の日。アールは目の下にくまを作り、すっかり憔悴《しょうすい》した状態でやってきたのだった。

項垂《うなだ》れたままの兄を僕は静かに見つめる。

膝に乗せられたアールの手が震え、拳をぎゅっと握りしめた。

「俺は……」

喉《のど》の奥から絞《しぼ》りだすような苦悩に満ちた声。

「俺はこんなに苦しいのに。同じ家に生まれて、相手も同じ伯爵家の令嬢なのに、俺とお前でなぜこうも違うんだ。俺は他家で孤立無援、お前は実家で味方に囲まれぬくぬくと……キャンディ伯爵家当主にも目をかけられて、あんなに優しい婚約者まで。なぜお前ばかりがこうも恵まれる？」

歪んだ表情で目を赤くしたアールが睨んでくる。体を強張らせ、声を震わせて恨《うら》みつらみの言葉を吐く兄。

僕は眉を下げた。事情を知ってしまった今となっては、兄が助けを求めているように思えたからだ。

「……何を言ってるんだよ、兄さん。僕は子爵家当主、兄さんは伯爵家当主。受け継いだ商売だって、アールのほうが価値があるものじゃないか」

「どうしたんだ、アール。お前らしくもない」

見かねて口を挟んだ父の言葉にアールはほの暗い笑みを浮かべた。

「……そうだな、グレイ。悪かったよ。大事なデートを邪魔したのも、お前の婚約者があの女に会えば、お前もきっと俺と同じ目に遭うはずだって思ったんだ。そうしたら俺の気持ちが分かるようになると。そうだよ、どうかしてた。いつもの俺じゃなくなって、おかしくなってたんだ。あんな女、あんな家じゃ、そうならないほうがおかしい」

「……何があったんじゃ。聞かせてみるがいい」

祖父が問いただし、アールは語りはじめた。伯爵家に婿《むこ》に入ってからの責め苦の日々を。

義姉フレールとなんとか仲良くしようと努力しても無下にされ、蔑《さげす》まれ罵倒《ばとう》され続ける毎日。

忙しい当主教育の合間を縫《ぬ》って商売のために社交界に出て人脈作りを始めるも、妻の振る舞いがエスカレートしていくせいで悪評が立ち、うまくいかなくなってしまった。

精神が疲弊《ひへい》したところを更に追いつめるような、伯爵家当主としての教育の数々。

学ぶべきことが多過ぎる上、うまくこなせなければ教育係に溜息と嫌味を吐かれ、使用人にもあのような無能は当主としてどうかと陰口を叩かれる。

その上、間男がいるという噂も聞いてしまった。

もう限界なんだ、とアールは頭を抱えた。

祖父と父は黙って聞いているが、僕は内心驚いていた。

兄が話すそれは、僕がキャンディ伯爵家で受ける教育よりもはるかに厳しいものだったからだ。

例えるなら、一年かけて学ぶ内容を半年かそれ以下で修めろと言われているような。

一度好奇心からサイモン様に伯爵家当主教育についてお訊ねしたことがあったけど、僕が子爵家次期当主として教わっているものより少し高度な位で、アールの話す内容程ではなかった。

だから、リプトン伯爵家での待遇が明らかに異常なのだと分かる。

僕はおかしな点を指摘した。アールの受けている当主教育はキャンディ伯爵家と比べて尋常ではない、同じ伯爵家だから教育自体は大差ないはずだと。

「なるほどな、わざと忙しくさせて他に注意を向けられないようにしたんだろう」

父は紫煙を吐きだしながらそう言った。祖父も頷いてるし僕もそう思う。

こうなると、リプトン伯爵自身もグルか、見て見ぬふりをしていると考えるほうが自然だ。

金だけ奪って兄を精神的に追いつめ、逃げだすように仕向けて更に高位貴族との縁組を望む。

万が一ドルトン侯爵家やモカ男爵の企《たくら》みが成功しなかったとしても、知らぬ存ぜぬを貫き通せばいいのだから。

伯爵家当主教育がどういうものか知らないアールは騙されても仕方がなかった。

比較対象がないから、そういうものだと言われれば黙って耐えるしかなかったんだろう。

祖父も父も知らなかったんだから。

僕は怒りを覚え、奥歯を噛み締めた。

運がなかったんだ、アールは。

兄の立場だったら、僕もきっと同じことをしていたかも知れない。

「それで今後のことなんだが。俺も爺さんも、お前をリプトン伯爵家から引かせようと思っている」

父ブルックがそう言うと、アールははっと顔を上げた。

「ま、待ってくれ。お父様、それではうちが大損してしまう。それに、俺は間男とやらに一矢報《いっしむく》いないと気が済まない！」

「相手がドルトン侯爵家でもかの？」

祖父のその言葉に兄は目を見開き呆然とした。

「侯、爵家……？」

「そうだ。間男はドルトン侯爵家の三男坊だ。下手に突《つつ》くと毒蛇が飛びだすからやめておけ。お前一人ならまだしも、うちもただでは済まなくなる」

「――糞ッ」

テーブルに拳がガツンと打ちつけられた。ビリビリと振動が走る。アールはそのまま突っ伏してしまった。

しばらくして、小さくくぐもった声で「……悔しい、悔しい」と嗚咽《おえつ》を漏らしはじめる。

僕はなんとも言えない気持ちになった。こんな兄を見たのは初めてだった。相当追いつめられていたのだろう。

祖父エディアールが兄の肩を抱きしめ、労《いた》わるようにポンポンと叩く。

「アール、心構えをしておきなさい。近い内に離縁の手続きをするとしよう。結納金は高い授業料だったと思えばええ。何、辛いのは今だけじゃ。お前はまだ若い、長い人生にはもっと大変なこともあるじゃろう。この悔しさをバネにしてこそ大成できるというものじゃ」

「……はい」

蚊の鳴くような声で返事をする兄。その頭の上で、祖父が苦々しい顔をした。

「それにしてもあの占い師め、何が『大いなる幸運の縁へと繋がる結婚』じゃ。大法螺《おおぼら》吹きおって……」

お爺様、占いなんて適当に言ってるだけだから当たらないんだよ……

これでこの話は終わりだな、と思って僕は立ち上がった。

「兄さん、僕は手紙を書きに行くから。キャンディ伯爵家へ訪問する日が決まったらまた連絡する」

「……」

「もう、しっかりしなよ！　後、マリーはお茶好きだから。相応のお詫《わ》びの品もちゃんと準備しといてよね！」

声をかけても突っ伏して黙ったままの兄をなんとか少しでも立ち直らせたくて、僕はわざとそんな言い方をする。

アールはやっと顔を上げ、濡れた目で僕を見た。そしてまた深々と頭を下げる。

「グレイ、本当に悪かった……」

「もういいよ、それは。精神的に追いつめられてて、いつも以上に性格悪くなってたってことにしとく」

僕はアールを許し、ひらひらと手を振って居間を出た。扉の外には母のレピーシェが心配そうな表情でウロウロしていたので、「話は終わったよ、アールを慰《なぐさ》めてあげて」と言ってその場を後にする。

部屋に戻った僕は早速マリーに手紙を書いた。先日のデートに触れて、謝罪訪問の日程についてのお伺い——そして相談事があるということ。

彼女の考えは突飛《とっぴ》で独創的だ。アールも謝罪のために同行するし、それならいっそこの件について相談してみようかと思いついたのだ。

もしかすると思わぬ解決方法を思いついてくれるかも知れない。

明日の朝に届くようにしよう。朝一で開花したばかりの、彼女が好きだという薔薇で花束を作り、愛のメッセージを込めて。

しかしまさかこの謝罪のための訪問が、アールの——ひいてはルフナー子爵家とキーマン商会すらも巻きこんだ大いなる運命を切り開くことになろうとは。

この時の僕はそんなこと少しも思っていなかったのだ。

マリーからの返事は、手紙を出した次の日に届いた。

そっと封を切って開くと、少し癖のあるのびのびとした文字が躍《おど》っている。

＊　＊　＊

親愛なるグレイ

心地よい気候が続きますわね。私は毎日のんびりと過ごしておりますわ。グレイもお健《すこ》やかにお過ごしでしょうか。

あのデートの日は私にとってもとても楽しい一日でした。

実は以前からあのラベンダー畑のような場所に行ってみたいと夢見ていたんですの。それが叶って嬉しくて。

それにグレイの優しさとお心遣いが感じられて、思い出す度に温かい気持ちに満たされますのよ。

先日は綺麗で素敵な薔薇の花束をありがとう。

朝食の席でお姉様達に冷やかされましたけれど、とっても嬉しかったですわ。花瓶に飾った後は、ドライフラワーにしようかしらと考えておりますの。

この花束のように、ルノナー子爵家のお庭の薔薇もきっと今が盛りなのでしょうね。是非近い内にお訪ねしたいですわ。グレイのご家族にも是非お会いしてみたいですし。

花束のお礼と言ってはなんですが、ささやかな贈り物と、そして蜂蜜菓子を用意させました。お口に合えばいいのですが。

そうでしたわ、あのデートで起こった出来事ですが、私はまったく気にしておりません。

グレイがお義兄様と一緒に我が家へ遊びに来ていただけるなら、いっそ親族同士ということで親《しん》睦《ぼく》のお茶会を開こうと思っておりますの。

数日後の○月×日、昼過ぎぐらいからを予定しておりますから、あまり気負われずに是非お気軽にいらしてくださいな。

お義兄様とグレイにお会いできるのを心より楽しみにしています。

あらあらかしこ
マリアージュ・キャンディ

＊＊＊

親睦《しんぼく》のお茶会は、彼女なりにアールの置かれた立場等を察してくれたのだろう。

手紙と共に籠《かご》が届いていたので中身を改めると、そこには焼き菓子と小さな包み。菓子はきっと手紙にあった蜂蜜菓子だ。

問題は小さな包みのほうだ。恐る恐る開けてみると、中から出てきたのはやっぱりハンカチで。

そっと広げると、少し悲しげな表情をした人の顔が刺繍《ししゅう》で縫《ぬ》い取られている。やっぱり独特の感性だ。

角《つの》が生えているから人間じゃあないだろうけど、これは……

一体なんなんだろうと悩んでいると、包み紙のほうに書きつけがあるのに気付いた。

それを取って読んでみる。

『実は先日、お父様に怒られましたの。その時のお顔がこーんな感じでしたのよ、おかしいでしょ？　夜なべして一生懸命頑張って仕上げたので、お父様に見つからないように使ってくださいな。　マリー』

そう言われてみれば。

僕は改めて刺繍《ししゅう》を見た。髪と目の色はサイモン様と同じ。というか、それを言うならマリーとも同じなんだけど。

しげしげと眺める。縫《ぬ》い取られた顔は確かにサイモン様に似ていると思った。

きっとマリーにいろいろと困らせられてこんな顔をしているんだろうなぁと考えると、じわじわとこみあげてくるものがある。

――なんてものを寄越すんだ、マリー！

しまいには腹を抱えて笑い転げながら、サイモン様に呼ばれた時には絶対に持っていかないようにしようと決意したのだった。

第四章

一

グレイへ返事の手紙を認《したた》めた数日後。

彼らルフナー子爵家の兄弟二人は我が家を訪ね、喫茶室に通されていた。

手紙には、『私は気にしていません。気軽に遊びにいらしてくださいな』などとぼかしておいたが……やはりそうとは受け取ってくれなかったか。

キャンディ家兄弟姉妹全員集合状態なのを実際に目の当たりにした彼らは、非常に面食らっている様子でやや挙動不審になっていた。

それぞれに自己紹介を終えた後、目の前のソファーに雁首《がんくび》並べて座らされたグレイと義兄アール。

その両隣を我が二人の兄達と弟が固め、こちらには私達姉妹が並んだ。つまり、状況的に二人を全員で取り囲んでいるのだ。

グレイは神妙な表情でぎこちなく固まっているし、義兄に至っては顔を青褪《あおざ》めさせてわずかに震えている。

まるで反社会的勢力の事務所に連れこまれた一般人みたいな反応である。

きっと私と自分達兄弟の三人だけでのお茶会だと思っていたはずだ。

状況的には完全に私が騙し討ちしたようなもの……グレイ、申し訳ない。

「グレイ、お義兄様も。改めまして、我が家へようこそ。お手紙に書いた通り、これは親族同士の親睦《しんぼく》のお茶会ですわ。どうぞお楽になさってくださいな」

責任を感じた私はにこやかに口火を切った。

侍女達に目配せをし、お茶を用意させる。皆のカップにお茶が注がれていくと、少し空気が柔らかくなったように思う。

「マリー、あのデートの日以来ですね。少し忙しかったものですから、ご無沙汰してしまいすみません。本日はお招きいただいてありがとうございます」

気を取り直したグレイが全員の顔を見渡してそつなく挨拶し、義兄アールに目配せをする。

義兄は「本来は謝罪で訪れましたが、このようにもてなしていただけて大変恐縮です」と頭を下げた。

「これは心ばかりのお詫《わ》びの品です。先日はご無礼をしてしまい、申し訳ありませんでした。どうぞお納めください」

そう言って、義兄が私にリボンのかけられた包みを差しだす。

しばし考えたが、ここで突っぱねても相手は納得しないだろう。

「まぁ、アールお義兄様。ですから、そのようなことは不要ですわ。でもそうですね……これはお近づきのしるし、このお茶会へのお土産として頂戴《ちょうだい》しますわね。ありがとうございます」

受け取ると、そこそこずっしりした重みが。なんだろう。

開けてみても？　と訊くと、了承を得られたのでリボンを解く。

中から現れたのは、古伊万里《こいまり》の青を思わせるような陶磁《とうじ》のティーカップとソーサー。

東洋っぽい花鳥風月の絵柄で、カップには優美な金細工で取っ手が付けられていた。

「マリアージュ様はお茶を好まれるそうですね。弟から、キャンディ伯爵家ではカップに取っ手を付けていらっしゃると聞きまして、外付けですがこのように細工をさせていただきました。洗う際は、カップのみ取り外せるようになっております。気に入っていただければいいのですが……」

言われてカップを引っ張ってみると、確かにすぽりと抜けるようだ。

「あら本当ね、便利そうだわ」

アン姉の言葉と同意見だ。私は感心した。なるほど、工夫されている。カップホルダーを金細工で作ったという訳か。

お茶を手に入れた当初、同時に入ってきたティーカップには取っ手がなかった。外国ではそちらが主流なのだろう。

それでは不便だと、我が家のティーセットは実は外国の窯元《かまもと》に特注で作らせたものである。図柄は中東系のエキゾチックな感じ。

一方義兄がくれたものは東洋っぽいデザインだから国が違うのだと思う。東洋的なものは初めて見た気がする。

ティーセットではないということは、カップとソーサーだけでも相当値の張るものだったのだろう。

「このような素敵な贈り物をありがとうございます、アールお義兄様。大切に使わせていただきますわね。後、私のことはマリーとお呼びくださいまし」

正直この程度の謝罪のためにこんな高価なものを用意するのは行き過ぎだとは思うが、せっかくのご厚意である。笑顔を浮かべて丁寧に礼を述べた。

それにしても、ティーセットの交易も儲かるよな。

実際、前世の世界でもかつてお茶で戦争が起こっていたし、陶磁《とうじ》の豪華なティーセットは王侯貴族のステイタスだった。グレイはもうそこまで手を付けてるのだろうか。後で訊いてみよう。

グレイが磁器《じき》交易もやってくれたら彼も大儲けできるし、私も素敵なティーセットを手に入れやすくなる。

そんな現金なことを考えながら、私はルフナー家兄弟にお茶を勧める。

贈り物の茶器はどこの国のものなのかというアナベラ姉の何気ない質問から始まり、お茶会は和やかに進みだした。

◇
◆
◇

――こんなの聞いてないよ！

兄を連れてキャンディ伯爵家にやってきた僕は、心の中で盛大に叫んでいた。

もちろん表情には出さないようにしているけれど、内心はパニックだ。正直ものすっごく帰りたい。

僕達兄弟はキャンディ伯爵家の豪奢《ごうしゃ》な喫茶室にあるふかふかのソファーに並んで座り、恐縮していた。

謝罪に来たアールなんか、顔面蒼白で生まれたばかりの小鹿のように小刻みに震えている。

僕と兄の両隣にはキャンディ家跡取りで長男のトーマス様と次男のカレル様、そして三男のイサーク様が。目の前の真ん中に三女のマリーと四女のメルローズ様、その両側に長女のアン様と次女のアナベラ様が着席していた。

そう、僕達はキャンディ伯爵家のご令息ご令嬢全員に取り囲まれているのである。

確かに手紙には『親睦《しんぼく》のお茶会』と書いてあったけど……

僕は恨《うら》みがましい気持ちでマリーを見た。

彼女はそんな僕に気付かず、「改めまして、我が家へようこそ」とニコニコ微笑んでいる。

この空気をものともしない彼女はもしかして天然なのか!?

親族同士の親睦《しんぼく》のお茶会だから楽にしろと言う彼女。その言葉に侍女達が動きだし、テーブルに温かいお茶が並べられていった。

少し空気が和んできたので、僕は訪問者代表として口を開く。

というか、アールが完全に機能停止しているからなんだけど。

ご兄弟姉妹全員を見渡してご挨拶を述べ、兄を小突きながら目配せすると、アールはようやく我に返ったのか、慌てて頭を下げていた。お詫《わ》びの品を取りだしてマリーに差しだす。

心優しい彼女は苦笑しながらもそれを受け取り、これはお詫《わ》びではなくお近づきのしるしとしてもらうと礼を述べた。

マリーがどこかわくわくとした様子で包みを開ける。

アールが用意したのは、お茶文化が普及している国でさえも珍重されている焼き物のカップ。これ一つで庶民の家族が一年暮らせるような逸品だ。

訪問の日程を知らせるアールへの手紙で、キャンディ伯爵家で使われているカップの形状を伝えておいたので、急ぎ金細工職人に外付けの取っ手を作らせたのだろう。

マリーは取っ手の細工を気に入ったのか、名前呼びを許してアールに礼を述べている。

姉君達もカップと取り外しできるようにした細工に感心しているようだった。

ひとまずは安堵《あんど》したのか、すぐ隣のアールの体が弛緩《しかん》し、緊張が取れるのが分かった。

「あら、私ったら贈り物の素晴らしさに夢中になって。失礼致しましたわ、お義兄様、グレイ。どうぞ、ご遠慮なくお茶を召し上がってくださいまし」

そうして、親睦《しんぼく》のお茶会が始まった。

「それにしてもこの茶器は見たことのないような珍しい絵柄ね。一体どこの国のものなのかしら？」

「ええ、遥か彼方《かなた》の島にある、フソウという国のものだと聞いております。本当かどうかは存じませんが、その国では金が豊富に採れ、黄金の国と言われているのだとか。なんでも宮殿や民家も黄金で作られているそうですよ」

「まあ、本当なの？」

アナベラ様の質問を皮切りに、会話が進みだした。

アールの返事にイサーク様とメルローズ様が目を輝かせて席を立ち、こちらへ寄ってくる。

「聞いた、メリー。お家も黄金なんだって！」

「キラキラ輝いてるお金持ちの国なのね！　ねぇねぇ、もっとお話聞かせて！」

メルローズ様が兄の服をくいくいと引っ張った。

「あ、あの……」

アン様やアナベラ様も興味深そうにしているし、どっちを向けばと逡巡《しゅんじゅん》するアール。僕は助け船を出し、幼いお二人の相手をすることにした。

「じゃあ、お二人には僕からお話ししましょうか。荒っぽい海賊達、海に棲《す》むクラーケンという怪物、砂漠に現れる幻の国、異国の王子様やお姫様——兄のアール以上に僕は不思議なお話をいろいろと知っているんですよ？」

「わあ、聞かせて聞かせて、グレイ義兄様！」

「僕はクラーケンの話が聞きたい！」

そんな風に僕がしばらくイサーク様とメルローズ様のお相手をしていると、トーマス様にふと小突かれた。少し席を外してくれ、と耳打ちされ、少し離れたソファーを示される。

僕は少し考え、「そうだ、よろしければあちらへ移動しましょうか。異国の手遊びをお教えしましょう」と言って弟妹君を連れて移動した。

お二人の相手をしつつ時折兄の様子を窺《うかが》っていると、言葉巧《たく》みにいろいろと聞き出されているようだった。

きっとここにいるお身内全員、あのデートであったことをマリーから聞かされていたんだなと思う。それで今日は、アールをターゲットにするつもりで待ち構えていた、と。

安らかに眠れ、アール。これも身から出た錆《さび》だ。僕には助けられない。

ふと視線を感じてそちらを見るとマリーと目が合った。

微笑ましそうにこちらを見て会釈《えしゃく》するマリー。もし弟妹君が僕達の子供達だったら、なんて想像してしまい、少し気恥ずかしくなった。

「気を悪くしないでほしいんだが、先日マリーのデートであったことを聞いている」

「社交界でもいろいろと噂になっているが、親戚として心配に思っているんだ。大丈夫なのか？」

「そういえば私も奥様についてはいろいろと聞き及んでおりますわ」

「アール様もいろいろご苦労が絶えないでしょう」

「身内ですし、よろしければ相談に乗りますわよ」

トーマス様、カレル様、アナベラ様、アン様、そしてマリー。事前に示し合わせていたかのように次々と言葉の矢を浴びせかけられるアールに逃げ場はない。

挙動不審になって救いを求めるようにこちらを見るけれど、僕は残念な気持ちをこめて首を横に振った。

この部屋に入った時からこうなる運命は決まっていたんだ。無理だ、諦めろ。

それがとどめとなったのか、アールはがくりと肩を落として降参したようだった。

「最初、ルフナー子爵家に縁談を持ちかけてきたのはリプトン伯爵だったのです。経営難の伯爵家への資金援助と引き換えに娘——フレールと結婚しないか、と。妻のもとには私が婿《むこ》として入って伯爵家を継ぎ、ルフナー子爵家とキーマン商会自体は弟が継ぐ。その条件でならと提示すると、リプトン家も承諾しました。父と祖父が話し合って商会の商売を二つに分け、私が貴金属宝石の商売を引き継ぎ、弟はそれ以外をという話になりました。ここまでは皆様もご存じかと思います」

一旦言葉を切ったアールは「失礼」と断りを入れてお茶を一口飲む。

マリー達が頷き、続きを促した。

「妻のフレールは当初、私の容貌――特にこの赤毛を恐れているようでした。婚約者として訪ねても会話はあまりなく、沈鬱《ちんうつ》な表情を浮かべているばかり。何度か、本当にこのまま結婚して構わないのかと彼女の気持ちを訊いてみたのですが……『今更私が何か言って変わるのですか？』と逆に訊かれてしまいまして。結婚式の一週間前に訊いた時も、父親の伯爵に言い含められているのか結婚自体は承諾していまして。それならばとそのまま式を挙げたのです。ところがその当日、妻は私との結婚生活をどうしても嫌だと拒みました。きっと気持ちの整理が付いていないのだろうと私は考え、心を通わせながら待とうと思ったのです」

アールの話は、僕も初耳だった。

思わず弟妹君のことも忘れ、聞き入ってしまう。はっと我に返って慌てて視線を戻すと、お二人も兄に釘付けのようだった。

「次期リプトン伯爵としての教育や自分の仕事などで多忙を極める日々の中、時間を見つけては話しかけたり、花や装飾品を贈ったり、社交界のパーティーに誘ったりと、いろいろと手を尽くしました。しかし数か月程前からでしょうか、フレールの様子が変わりはじめました。教えてくれたのは、子爵家にいた頃からの友人の一人です。私の妻が『成り上がりの卑《いや》しい赤毛の男に買われて結婚させられた』と嘆いていて、それがご令嬢達の間で噂になっていると言うのです。あれだけ尽くしてきたのに、私は恥をかかされたと思いました。家に帰り、どういうことだと問いつめたのですが、フレールが初めて癇癪《かんしゃく》を起こしたのはその時だったのだと思います。彼女は、自分は何も間違ったことを言っていない、友人達にも嘲笑されて不幸だと泣き喚《わめ》きました。宥《なだ》めようとしたのですが、逆効果で……なす術《すべ》もありませんでした」

結局その場は義姉フレールの侍女に任せるしかなかったという。

それからというもの、日に日に義姉の態度は悪化していく。

日々の多忙な仕事に加え、家庭内の不和。兄はとうとう追いつめられて限界に達し——精神と心が参ってしまった。

思ったよりも遥かに深刻だった話に僕はもちろん、室内にいた全員が固唾《かたず》を呑んでアールを見つめる。

「——私は一体何を間違ったのでしょう？　そもそも、フレールと結婚をしなければ良かったのでしょうか」

語り終えて抑えていた感情がぶり返したのか、兄はついに顔を覆《おお》ってしまった。

トーマス様とカレル様が慌てて「辛いことを話させてしまった、すまない」などと言いながら肩や背中を擦ったりして慰《なぐさ》めはじめる。

マリーはティーポットを手に、温かいお茶を兄のカップに注ぎ足してくれていた。

その後一言二言兄君達に囁《ささや》くと、姉君達お二人を伴《ともな》って僕のいるソファーに近づいてくる。

イサーク様とメルローズ様は呆気に取られてアールのほうを見ていたが、アン様の目配せを受けて「ちょっと疲れたし喉《のど》渇いたからあっち行ってるね！」「私も！」とそちらへ向かっていった。

僕も場所を空けようと立ち上がったけど、マリーに「グレイはこちらに」と引きとめられる。

「――どのように思いました？」

姉君お二人が空いたソファーに座ると、マリーが話を切りだした。アン様は、自分も婚約者のことで苦労をしているから兄のことが気の毒だと同情しているようだ。

「グレイ様。本当にアール様の仰《おっしゃ》った通り、リプトン伯爵家からの縁談でしたの？」

アナベラ様の、奥様譲りの灰色をした、どこかサイモン様を彷彿《ほうふつ》とさせる怜悧《れいり》な瞳が向けられる。

僕は頷いた。

「確認していただいても構いません」

アナベラ様は噂を信じていたらしい。真実との乖離《かいり》に、噂は怖いと身震いしていた。

一方で、マリーは表面上の印象――アールの容姿のせいで噂が一人歩きしていると言った。赤毛のせいで苦労してきた僕もその通りだと思う。

「そういえば、マリーはどう思ったの？」

アナベラ様の問いに、マリーがアールのほうを見やる。アールは、兄君達に加え、イサーク様とメルローズ様にも慰《なぐさ》められていた。彼女は人差し指を唇に当てて、声を潜《ひそ》める。

「……私は、そうね。少し早い季節の『紫陽花《あじさい》』かと」

すぐにアン様が秘密の恋である『ミモザ』ではないかと言ったが、そんな綺麗なものじゃないとマリーが一刀両断する。

僕は内心非常に驚いていた。『紫陽花《あじさい》』は浮気を示す言葉、部外者であるはずのマリーがズバリ核心を突いていたからだ。

なぜそう思ったのか不思議に思って彼女に訊くと、意味深に目配せされた。

「あら、グレイ。商売で考えたら分かりますわよ。品物を買ってくれる取り引き先がお義兄様しかいない場合と、他にもいる場合。そういうことですわ」

なるほど、商人の僕には分かりやすい。他に儲けられる相手がいれば、別に一つの取り引き先に拘《こだわ》ることはない。

「まぁ、分かりやすいわ」

アン様も僕と同じことを思ったのか、得心がいったとばかりに頷いた。アナベラ様は思案顔で、浮気の始まった時期が結婚式の後ではないかと推理を巡らしていた。マリーがその可能性はあると述べる。

「問題は、相手が一体どこの誰なのか。成り上がり者よと蔑《さげす》み見下すくらいですから、マリーは相手が伯爵以上の貴族ではないかと思っておりますの。そして、それなりの資産を持っている……？」

まずい、これ以上は。

マリー達は聡明過ぎる。相手が特定されるのも時間の問題だろう。優しいマリーのこと、勘付かれればドルトン侯爵家を相手取るようなこともしかねない。しかし相手が相手だ。

そもそもこれはうちの問題だからうちが解決するべきだし。

「マリー、いけません」

僕が慌てて制止をかけた時、喫茶室の扉が叩かれる音がした。

「ご歓談中失礼致します」

侍女が口上を述べる声。

「あの、リプトン様の奥方様がいらして――あっ」

それが終わらぬ間に扉が全開になった。

侍女を押しのけて喫茶室に押し入ってきたのは、義姉フレールだった。

「突然の訪問、失礼しますわ」

先日からの非礼を更に重ねながら、「自分の非礼は自分で謝罪できる、夫の手など借りない」と息巻いている義姉。いろんな意味で気が遠くなりそうだ。

部屋にいる面々を見渡した義姉フレールは、そこで初めてここにいるのが僕達だけじゃなくキャンディ家の兄弟姉妹全員であることに気付いたのだろう。悲鳴を上げて後ろに倒れかけ、使用人達に支えられている。

「そんな……なぜ『麗《うるわ》しの月光の君』が……」

消え入りそうな呟き。

『麗《うるわ》しの月光の君』とはカレル様のことだ。

黒髪に蜜色の瞳が月夜を思い起こさせると評判のカレル様は非常に男前で、社交界のうら若き令嬢達に大層持て囃《はや》され人気がある。

フレールもまた、カレル様の信奉者であったようだ。

自分の無礼千万な行いをよりにもよって憧れの人に見られ、気絶しそうな程の羞恥《しゅうち》を感じているに違いない。

恐らくだけど、義姉は今日僕達の予定を知って慌ててやってきたのだろう、と思う。兄には秘密裏に来るように伝えてあったし、義姉は知らなかったはずだ。

これほどのことを仕出かせば流石《さすが》のアールも離婚を言い渡さざるを得ないだろうと考えてこんな行動に出たに違いない。

そこまで考えた僕はふと、マリーが顔を歪ませて口を押えていることに気付いた。

気にしていないと言っていたけれど、やっぱり義姉フレールのこのような無礼な振る舞いはマリーにとってショックだったのかも知れない。

僕は大切な婚約者を安心させようと傍に寄って囁《ささや》いた。

「マリー、大丈夫です。僕がついています」

彼女は僕が守るんだ。

部屋に乱入するなり倒れかけたフレールが、アン様とアナベラ様の誘導でソファーに運ばれ横たえられる。侍女達が水や気付け薬、濡れ布巾だのを運んで介抱していた。

マリーはしばらく小刻みに震えていたが、やっと気を持ち直したのか「ありがとうございます、私は大丈夫ですわ」とこちらを向いて気丈な微笑みを浮かべる。それに少し安心していると、カレル様がこちらにやってきた。

ソファーの前に立ち、美しい所作で義姉に挨拶をするカレル様。

キャンディ伯爵家次男の自分がこの家にいるのはおかしくない、ちゃんと先触れがあればきちんともてなせたのにと残念そうな表情を浮かべながらも嫌味を言う。

それはそうだ。先触れがない訪問は緊急時か、余程親しい間柄でもない限り非常に無礼なことなのだから。

はらはらしながらその様子を見守っていると、カレル様がこちらを見た。

——ああ、かなり怒っているな。

馬鹿でも分かる。一応僕の義姉で身内なんだし無理もない。

僕は何も言えず頭を下げるしかできなかった。

義姉フレールは最初の威勢もどこへやら、謝罪の言葉すらも出てこないのか、熟《う》れたリンゴのように肌を赤く染めて俯《うつむ》くばかり。

自分の無礼は自分で詫《わ》びられるんじゃなかったのかと苦々しく思う。

きっと、ここにはマリーと僕達兄弟しかいないと思いこんで高を括《くく》っていたんだろう。僕達も最初そうだったように。

『麗《うるわ》しの月光の君』と呼ばれるカレル様以外にも、キャンディ伯爵家のご家族は社交界で名を馳《は》せている。

サイモン様と同じ蜜色の髪と瞳で大人びた魅力をもつ貴公子トーマス様は『陽光の君』。

蜜色の髪に神秘的な灰色の瞳をした、清楚で優しげな美貌のアン様は『白薔薇姫』。

そして奥様と同じ黒髪に灰色の瞳をもつ官能的な美女であるアナベラ様は『赤薔薇姫』。

そんな方々の前での、この醜態《しゅうたい》。

フレールは社会的に死んだも同然だ。そこは自業自得としか言いようがない。

慌てて席を立ちカレル様に近付いたアールが床に頭が付きそうな程に深々と頭を下げ、義姉の招かれざる闖入《ちんにゅう》を謝罪している。その姿を見て、思わず溜息がこぼれた。

そもそもデートの時の謝罪に訪れたのに、これでは更なる無礼、恥の上塗りだ。

僕達の面目は、何もかも台なしにされたのである。

忸怩《じくじ》たる思いを抱えていると、アン様が義姉フレールがまだ苦しそうだからと男達は席を外すように言った。アナベラ様も同意している。

女性が気絶しやすいのはコルセットの締めすぎが原因であることが多い。となると確かに服を緩めたりするのだろうから、男がいては邪魔だろう。

トーマス様が先導し、僕達は喫茶室を出た。

二

突然我が家にやってきたフレール嬢は、侍女を押しのけてずかずかと喫茶室に踏みこんできた。

義兄アールの顔色が青を通り越して真っ白になってる気がするぞ。

ところが、私達兄弟姉妹全員が一堂に会しているのを目にしたフレール嬢は、驚愕の表情を浮かべるやいなや「きゃあ！」と悲鳴を上げて卒倒しかけた。

多分ここに来た時のルフナー兄弟と同じように思ってたんだろうな。崩れ落ちる彼女を、侍女と近侍が咄嗟《とっさ》に支える。

「そんな……なぜ『麗《うるわ》しの月光の君』が……」

「うるわしのげっこうのきみ？」

なんじゃ、そのお耽美《たんび》ぃーな名称は。

首を傾げた私は、その場にいる全員がカレル兄を見ていることに気が付いた。

カレル兄の外見は、母譲りの黒髪に、父譲りの蜜色の瞳。

——ま　さ　か。

「ぐふぅっ……」

やべぇ、出てしまう。

私は素早く口を押さえて俯《うつむ》いた。

グレイが「マリー、大丈夫です。僕がついています」と気遣ってくれるけど、今はやめて！

頭の中で、カレル兄を遠巻きにした思春期のポエミーな貴族令嬢達が動きだす。

『まぁ、見て。『麗《うるわ》しの月光の君』よ……』

『ああ、『麗《うるわ》しの月光の君』……今日も冴《さ》え冴《ざ》えと光り輝くようで素敵！』

『一度でいいからあの麗《うるわ》しい月光の眼差しで私を照らしてくださらないかしら……』

などと、後で絶対に黒歴史になりそうなアホみたいな会話を繰り広げているかと思うと！

カレル兄、ジジィになって禿《は》げても光の照り返しで『月光の君』でいられるね♪

さっきのご令嬢がババァになったら、台詞《せりふ》も「一度でいいからあの寒々しい月光の頭で私を照らしてくださらないかしら……」なんて変化したりしてな！

これは是非刺繍《ししゅう》ハンカチにしなくちゃ。『麗《うるわ》しの月光の君』であるカレル兄にプレゼントしないわけにはいかないよね！

脳内では前世の有名女演歌歌手がこぶしとうなり節を利かせまくって更に追い打ちをかけてくる。

――麗《うるわ》しのォオー、月光のォ君ィィイー！

咄嗟《とっさ》に片手で自身の腿《もも》を思い切り抓《つね》り上げた。オーケー、痛みは私を冷静にしてくれる。

グレイにも「ありがとうございます、私は大丈夫ですわ」と言う余裕ができた。

ひっひっふー。クールダウン、クールダウンだ。

そんな風に一人戦う私を余所《よそ》に、フレール嬢が姉達の誘導でソファーに運ばれ、侍女達に介抱されはじめていた。

カレル兄は椅子を離れ、こちらに向かってくる。

「これはリプトン夫人、ご機嫌麗《うるわ》しゅう。ここはキャンディ伯爵家の次男である私の家でもありますから、私がこの場にいてもおかしくはありませんよ」

余所《よそ》行きの胡散《うさん》臭い笑みを顔に貼りつけたカレル兄が紳士の礼を取った。

「キャンディ家へようこそおいでくださいました。先にご来訪をお知らせくださっていたら、きちんとおもてなしできたのですが……」

と、さも残念そうな表情で嫌味を言うことも忘れない。

あれ、ちょっと怒ってんのかカレル兄。先触れのない電撃訪問以上に、こっ恥ずかしい二つ名を暴露されたから？

笑いを必死に堪《こら》えてプルプル震える私をちらりと見たカレル兄の表情が、「お前覚えとけよ」的なのは気のせいだと思いたい。というか、噴きそうになるから『月光の君（笑）』にはこっち見ないでほしいんだけど。

私は視線をフレール嬢に向けた。彼女は何も言えない様子で顔を真っ赤にして目を逸らしている。

義兄アールが慌ててこちらにやってきて、「本当に申し訳ございません！」と土下座せんばかりに頭を下げた。

「——あら、まだ苦しそうだわ。殿方達にはしばらく別室で待っていただいてもいいかしら？」

「そうね、お姉様。フレール様が落ち着かれるまで、婦人は婦人同士、殿方は殿方同士でお話ししましょう」

「そのほうが良さそうだな」

姉達二人がそう言い、トーマス兄が男全員を集めて喫茶室を出ていった。

……さて、部屋の中には女性達だけ残った状態だ。フレール嬢は青白い顔で弱々しく「白薔薇姫様に、赤薔薇姫様も……」と呟いている。

イメージ的に多分、『白薔薇姫』がアン姉で『赤薔薇姫』がアナベラ姉だろうな。

二人の姉も恥ずかしいお耽美《たんび》な二つ名を付けられて社交界でブイブイ言わせているようだ。

……となると、私は色からしてさしずめ『黄薔薇姫』とかになるのか?

しかしそうなると、その花言葉は『嫉妬』だの『不貞』だの『別れよう』だの——私だけ負のイメージが強い。

それに三人とも薔薇になるとどうしても『薔薇族（アーッ！）』を連想してしまう。

薔薇は好きな花だけど、社交界には絶対に出るもんか。私は改めて原子間共有結合よりも強く誓った。

フレール嬢を気にする姉達の顔をそっと窺《うかが》うと、アン姉は心配そうな表情を浮かべつつも好奇心に満ちた眼差しを向けている。

一方のアナベラ姉は表面上はにこやかだが、獲物を見つけた猫のような眼をしていた。怖っ！

「――コルセットを緩めて差し上げて」

アナベラ姉の言葉に侍女がてきぱきとフレール嬢のドレスを緩めていく。

その様子はちょっと扇情的《せんじょうてき》で――

あ、これ。いざという時の色仕掛けに使えるな！

私の脳裏に雷鳴が轟《とどろ》いた。


～妄想開始～

密室で二人きり。

いきなりソファーに倒れこむ私。それを介抱するグレイ。

「どうしたんですか、マリー！　大丈夫ですか、人を呼んできましょうか？」

「いいえ、グレイ。一人にしないで……コルセットが……コルセットがきついみたいなの。少し緩めてくださらないかしら？」

そして私は大きく開いた胸元を隠すスカーフをゆっくり取り去り、ガウンドレスを留めているピンを外していく。

「ま、マリー！　そんな……」

「グレイ、お願い。苦しいの、人助けだと思って……」

ここで、潤《うる》んだ目でグレイを誘うように見つめる。ポイントは『人助け』という免罪符的キーワードだ。

そう、人助けだからエロも許されるのだよと男の理性に囁《ささや》くのである。

そして――

「ああ、マリー！」

勢い余った様子でグレイががばりと私を押し倒し――ここで使用人にでも見つかれば結婚が早まると。

私、大勝利である！

～妄想終わり～


……うむ、完璧だな！　つくづく自分の才能が恐ろしい。なんと素晴らしい計画だ。

結婚式の準備が整うまで一年はかかるとすれば、その間に何かの思わぬ妨害がないとも限らない。不測の事態には備えておかないと。

コルセットを緩めたのが良かったのか、次第に息が整ってきたフレール嬢。結構きつく締めていたようだ。

そのまま着付けを直された時には、もうすっかりと落ち着きを取り戻していた。

侍女からお茶を受け取って一口飲むと、彼女の頬に赤みが差す。

「お元気になってくださって良かったですわ！」

「……ありがとうございます。大変お世話をおかけ致しました」

フレール嬢はメルローズに微笑みかけ、立ち上がると綺麗な淑女の礼を取った。

「重ね重ねのご無礼、お詫《わ》び申し上げます……」

そう言って、ずっと頭を下げている。アン姉が「顔をお上げになって」と声をかけると、ゆっくりと頭を上げた。

「フレール様、ひとまずお話をお伺いしてもよろしいかしら？　せっかくいらしたのですからお茶でもどうぞ」

お詫《わ》び云々《うんぬん》より話が聞きたい。それは私達姉妹の総意である。

アナベラ姉が小首を傾げ、お茶の席を示した。

侍女が少し片づけて場を整えてくれたので、全員そちらへ移動して着席する。

「女同士ですし、分かり合えることもあるかと存じます。よろしければフレール様のお心の内をお聞かせいただけませんか。いろいろと悩み、苦しんでいらっしゃるのでしょう？」

私がそう切りだすと、フレール嬢は悩むように視線を落とした。

しばらく黙っていたが、決心がついたのだろう、やがて彼女は覚悟を決めた表情で口を開いた。

「――噂ぐらいは聞いていらっしゃるでしょう？　私は、あの卑《いや》しい赤毛の男に金で買われて妻にされたのですわ」

「ええ、そう噂されていますわね……」

アナベラ姉が慎重に答える。さっき義兄アールから話を聞いていただけに、アン姉も微妙な表情だ。

内心私も呆れていた。

借金を返済してくれた上にあんなイケメンに食わせてもらって何が不満なんだろう。ヒヒ爺じゃないだけずっと幸運だろうに。私なら手放しで喜んでニート生活楽しむぞ。

それとも、男に莫大《ばくだい》な金を払わせておきながら、「結婚してやっただけありがたく思え。アテクシには結婚生活を断っても許される程の価値がある」と自己を過大評価しているのだろうか。

悪いが、彼女は姉達に比べてもそこまで美人ってわけでもない。自分が見えていないのは若年齢にはありがちなことだけれども。

私は恐る恐る口を開く。

「あの、そもそも婚姻の申し出はリプトン伯爵家からなされたと聞きましたけれど……」

「そのような屈辱的な体裁を取るようにと、あの商人上がりの子爵家が恥知らずにも要求したに違いありませんわ。あの男は我が家の面目を潰したのです。下位の家に頭を下げて婚姻を申しこませるなどと――それは我が伯爵家が商人風情に膝を屈するのと同義ではありませんか」

「はぁ……」

ツンと木で鼻を括《くく》ったような返事をされて、それしか言えない。

事実認識に何か齟齬《そご》がある。

もしかすると、親も没落していく現実を見たくなくて、伯爵家としての体裁だけは整えようとしていたのかも知れない。それが娘の教育にこう出ちゃって、プライドだけは高く育ったのか？

「腐っても伯爵家！」みたいな。

結婚の経緯も娘には違ったことを言ったとか？

うーん。

「そもそも意に沿わぬ相手なら、なぜ結婚を承諾なさったの？」

アナベラ姉がそう訊くと、フレール嬢は皮肉げな眼差しを向けた。

「裕福なキャンディ家のご令嬢には分からないでしょうね。そうしなければリプトン家は終わってしまうと父に泣かれたからですわ。私には最初から選択権はありませんでしたの」

「あら、そもそも私達貴族の結婚には、選択権など最初からないようなものですわ。事情はどうあれ、リプトン家はこの婚姻で没落を免《まぬか》れたのでしょう？　アール様はむしろリプトン家を救ってくれた方ではないですの。それなのに、白い結婚を頑《かたく》なに守られてあのような仕打ちをなさっているのはなぜ？」

アン姉が首を傾げる。

そりゃそうだ。貴族同士は政略結婚が当たり前。間男がいるとしても、義兄は大事な金蔓《かねづる》のはずである。

白い結婚であれ、赤毛ということや身分を差し引いても、上《うわ》っ面《つら》の態度を取り繕《つくろ》うこともせずあそこまで蛇蝎《だかつ》のごとく嫌うのはおかしい。

フレール嬢は眉を顰《ひそ》めた。

「そこまでご存じですのね。けれど、救ってくれたのではないですわ。あの卑《いや》しい赤毛の男は自分の祖父や父親と同じく爵位を金で買っただけ。私との結婚はそのおまけに過ぎません。でしたら、白い結婚であろうと構わないでしょう？」

白い結婚、醜聞《しゅうぶん》を招く言動、間男疑惑——ふむ。

「ひょっとして、アールお義兄様が離婚を切りだすように仕向けていらっしゃるの？」

「っ……そうですわ。そうすれば私は自由になれるのだから」

私は核心を突いたらしい。フレール嬢は俯《うつむ》き、気まずそうに肯定する。

確かに義兄のほうから離婚を切りだせば、フレール嬢は結納金——つまり肩代わりしてもらったリプトン伯爵家の借金を返す必要はなくなる。

しかし、おかしいんだよな。

「貴女《あなた》から婚姻生活を拒んだ白い結婚なら、悪いのは貴女《あなた》になるのではなくて？　結納金の返還を求められますわよ」

そう突っこむと、フレール嬢は不敵に笑った。

「私もいろいろ調べましたのよ？　どちらから婚姻生活を拒んだのか証拠はありませんわ。あの男が不能だと言って、私が異議を申し立てることもできますもの。それにあの男からの離婚であれば、一度支払われた結納金は法的に私の資産になりますわ」

証拠がない場合、妻が処女かどうかの検査に加え、夫が不能かどうかの検査がなされると聞く――実に中世的な方法で。別室で、妻との婚姻生活が可能かどうか試されるのだ。

きっとあの繊細そうな義兄にはそんな検査は耐えられないだろう。そうなれば彼は不能者の烙印《らくいん》まで押されてしまうことになる。

……なるほど、そこまで読んでるんだろうな。実に悪辣《あくらつ》な考えだ。

そう感心していると、それまで黙っていたアナベラ姉がティーカップをソーサーに置いた。

「おかしいわ……状況的に離婚というよりも婚姻無効ではなくて？　先程貴女《あなた》がご自分でも仰《おっしゃ》っていたように、『私は金で卑《いや》しい男に買われた花嫁』だと社交界で散々、ほうぼうに嘆きながら触れ回っていらっしゃいましたわよね。それでアール様から婚姻生活を拒んだという言い分には流石《さすが》に無理がありますわ」

「え……」

思ってもみなかったというように、フレール嬢は呆然とした顔つきになった。

確かにそうだよな、と私も思う。アナベラ姉は更に続けた。

「もし、貴女《あなた》が『アール様がつれないのです』などと常日頃嘆いていたら話は違いますわ。けれどもそうではないのでしょう？　ですから、状況証拠的に婚姻無効の申し立てになって、ルフナー子爵家から結納金の返還を――下手をすれば貴女《あなた》の振る舞いに対する慰謝料まで求められる流れになると思いますわ」

証人も社交界に多くいらっしゃるでしょうしね、とアナベラ姉。アン姉も頷いている。

フレール嬢は青褪《あおざ》め、絶望を突きつけられたような表情になった。

「そ、そんな。うまくいくって……言われた通りに振る舞ったのにそれが仇《あだ》になるなんて。嫌よ、私は自由になって、あの人と……」

そういえば前世にも伝説的な人の話があったな。浮気して有責なのは自分なのに、『旦那に慰謝料を請求する！　慰謝料は常に女がもらうもの！』って勘違いしてた人とか……

それはさておき、フレール嬢の行動はどうにもちぐはぐでおかしな点が目立つ。

『言われた通りに振る舞ったのに』――数々のヒステリックな言動はそもそも彼女自身の考えじゃなくて、誰かさんの教唆《きょうさ》ということか。

そうすれば義兄から離婚してくれるからお金を返さなくていいし、ことが成った暁《あかつき》には二人で一緒になって幸せになれるとでも言われたか。

まぁ『誰かさん』というのは八割がた間男だろうが、そいつに利用されてるんだろうなぁ、と思う。

恋愛麻薬でおかしくなったやつは判断力も鈍《にぶ》るもんだから。

愛しい誰かさんに操《みさお》を立てるためなのだろうが、義兄を断固拒否して白い結婚を守ったのは恐らくフレール嬢の独断だろう。

しかしその独断のせいで誰かさんがフレール嬢に唆《そそのか》した計画が裏目になり、フレール嬢にとっては逆に自分の首を絞めかねない誤算となってしまったと。

そこから推測すれば、誰かさんはきっと彼女が未だ清らかであるという事実を知らないのかもな。知っていたら別のやり方をするはずだ。

一つだけ言えるのは、その誰かさんはルフナー子爵家の敵には違いないということ。リプトン伯爵家で価値あるものといったら婚姻で得た義兄の財産ぐらいだろうから。

ということは、私の敵でもあるということだ。

――大事な大事な我が平穏なるゴロたんニート生活の妨害となるならば絶対に許さない。

私はいかにもご令嬢らしい笑顔を作った。

「――ねぇ、フレール様。その方なんでしょう？　貴女《あなた》にいろいろと教えてくれたのは。そして貴女《あなた》はその方とミモザの花を咲かせていらっしゃる。違いまして？」

思いやりを込めたような優しい声で語りかけると、フレール嬢の頬に朱が上る。

「……やはりお分かりに」

はい、間男確定。フレール嬢は顔を俯《うつむ》けてしまった。

「女同士ですもの、恋をすると女性は変わりますわ。大人しい令嬢でも大胆な振る舞いができる程に」

私は姉二人に視線を送り、話を合わせてくれるようにとサインを送った。疑問を顔に浮かべていた姉達も、それならと頷き返してくれる。

「まぁ、ミモザの花なんて素敵ね。是非その方とのお話を聞かせていただきたいわ。私には許されないことだから……」

「貴族には珍しい、一途で純粋な恋をしてらっしゃるのね、羨《うらや》ましいわ」

アン姉とアナベラ姉の援護射撃。相手の自尊心をくすぐるような言い方がうまいな。

フレール嬢は顔をゆっくりと上げ、小さく咳払いをする。

「ええ、実はそうなんですの……私の心にはあの方だけ……」


あの男との結婚が決まって以来……社交界に出ても知人友人達に成り上がり者と結婚したことを嘲笑され、私は鬱々《うつうつ》と引きこもって暮らしておりました。

やることがないなら純白のレースを編むなりハンカチに刺繍《ししゅう》を入れるなりするようにと父に言われておりましたが、結婚を連想させるものすべてに嫌気が差しておりましたの。結局物語の世界に心を彷徨《さまよ》わせる日々でしたわ。

あれは丁度秋の収穫の時期。冬支度と私の結婚式に向けて、屋敷中が忙しくしておりました。

父に来客があり、その時に私が憂鬱《ゆううつ》に沈んでいるということを聞かれたのでしょうね、そのお客様が私を気晴らしにと収穫祭に誘ってくださったのです。

ところが、当日迎えに来た方は先日のお客様ではなく——お客様に頼まれたという、あの方で。

あの方のことは社交界では存じておりましたが、それまではお話ししたこともありませんでしたの。

あの方はおかしなことを仰《おっしゃ》ったりおどけて見せたりして私の緊張をほぐし、笑わせてくださいました。

お忍びということで庶民の娘の恰好をして行った収穫祭も賑《にぎ》やかで、果物やパイをお行儀の悪い食べ方をして。庶民の跳ね回るような粗野なダンスも本当に楽しかった……

あれだけ心が躍《おど》り、高揚したのは生まれて初めてでしたわ。

それをお伝えすると、あの方も、自分もこんなに楽しかったのは生まれて初めてだと仰《おっしゃ》られて。

それからなんですの。あの方との交流が始まったのは。

ある夜、あの方は伯爵家の裏庭にひっそりといらして……私の部屋の窓にどんぐりをぶつけて知らせてくださいました。

父や使用人の目を忍んで庭に降りていくと、心配でやってきてしまった、私が金のために商人上がりの男と結婚するという話を聞いたと仰《おっしゃ》って。

あの方はそんなの許されるわけがないと怒ってくださいました。私のことを好きになってしまったのだとも。

私も、同じ気持ちでした。

それから恋の炎が燃え上がったという。

フレール嬢はどうしてもその男に操《みさお》を捧げたくて、白い結婚を頑張った。

結婚してしばらくすると、機を見計らい侍女の手を借りて、義兄のいない時間帯にこっそり男と逢っていたそうだ。

最初、男は『赤毛の汚れた成り上がりの男と、れっきとした貴族の君が無理やり結婚させられるなんて！』『金で花嫁を買うなんて卑《いや》しいやつだ』などと言っていたが、その内『そうだ、離婚するにはこういう方法がある』とフレール嬢に入れ知恵を始めたらしい。

なるほど、それがフレール嬢が豹変《ひょうへん》しだした時期かと納得する。義兄アールに対する数々の罵倒《ばとう》の出所もそいつだった模様。

「あの方は私に名もなき野の花を摘んで花束にしてくださいましたの。お金はなくとも、この花のようにささやかで小さな幸せを私と共に築きたい、と」

……なんかどっかで聞いたような話だな。数日前ぐらいに。

「素敵。【初恋の野の花】ですわね」

アン姉が目を輝かせて正解を言った。

ああ、男にとって女を落とすのに費用対効果抜群のあれか。

私なら何を引っかぶってるか分かったもんじゃないようなブツはご遠慮したいけどな。

確か主人公はフレイ、名前の音も近いフレール嬢は余計に感情移入したのかも知れない。

ただあの話で言うならヒーローであるベノアのポジションはむしろ義兄アールだろうというツッ

コミは……なかったことにされるんだろうなぁ。身分が低いのは罪で悪で醜《みにく》いという固定観念だから。

それはさておき。

フレール嬢が夢中になるぐらいだから相手はきっとイケメンなんだろう、と思う。それなりの資産持ちかと思ってたが、その線はないようだ。予想が外れた。

恋多き金がないイケメンというのは、大抵女を食い物にして生きてる。話を聞く限りじゃ、その間男は爵位を持ってるだけのジゴロそのものだ。

収穫祭のお忍びでの話といい、女を口説《くど》くのも慣れてるんだろう。フレール嬢だけにうまく泥を被らせるやり方も狡賢《ずるがしこ》い。

私には関係ないからどうでもいいが。

冷たいようだが――はっきり言えば、フレール嬢が義兄アールと別れて身内でなくなるなら、彼女が不幸になろうがどうなろうが私には関係のないことなのだ。義兄アールは身内だから守らなきゃいけないけど。

私の冷酷な考えとは裏腹に、フレール嬢は夢見る乙女のようにとろけるような表情を浮かべた。

「ええ。あの方にとっても私が本当の初恋だと仰《おっしゃ》いましたわ」

「あの方、というのはどなたなんですの？」

アナベラ姉が探りを入れると、フレール嬢は首を横に振った。

『本当の初恋』という言葉に不穏なものを感じるのは私だけだろうか。

「名誉に関わることですので今は言えませんわ、絶対に。表沙汰になれば私もあの方もただでは済みません。命がけの恋をしているのですわ」

「けれど、その方のお考えには残念ながら大きな落とし穴があった。その方には結納金を肩代わりするだけの財力がおありなのかしら？」

「それは……」

アナベラ姉の冷静な言葉に言い淀《よど》むフレール嬢。

私は先程から考えていたことが脳内で整理できたので、軽く挙手をして口を開いた。

「あの、一つだけ確認させていただける？　アールお義兄様との婚姻が円満に白紙に戻せれば、貴女《あなた》とその方は幸せになれますのよね？」

「ええ、そうですわ」

しっかりと頷かれて内心ホッとする。意思確認は大事だ。後で責任問われても困るからな。

「分かりましたわ。フレール様はアールお義兄様のことが大嫌い。だから婚姻をなかったことにして、その彼と結ばれたい。このままでは貴女《あなた》もアールお義兄様も不幸になりますものね。それは良くないことですわ。でしたら私から父に、皆が幸せになって益となる提案を致しましょう。父に仲介してもらって婚姻無効を成立させ、かつリプトン家を存続させる――いかがかしら？」

「ちょ、ちょっとマリー！」

「そ、そんなことができますの⁉」

何を言いだすんだと仰天した姉達を「後で」と囁《ささや》いて落ち着かせる。食い気味に身を乗りだしてくるフレール嬢を振り向いて、私はにっこりと微笑んだ。

「父が同意してくれれば、できると思いますわ。結納金の額はいかほどですの？」

「ええと――」

フレール嬢がその金額を口にする。

頭の中でそろばんを弾いた。

結納金の額はなかなか大きなものだったが、長期的にはリターンが望めないわけではない。

よしよし、私は内心舌なめずりをした。これは良いお取り引きができるかも。

まず、結納金の返還は、我が家がリプトン家へ金を貸すという形で行う。これは書類上の話で、実際には結納金に関する取り決めの書類をキャンディ伯爵家発行の借金の証文と引き換えて、結納金は我が家が直接ルフナー子爵家に支払う。

リプトン家としても、同じ伯爵位であるキャンディ家からの借金なら抵抗はないだろう。

フレール嬢は実質的に結納金を返さずに済み、円満婚姻解消で愛する人と幸せになれる。

義兄アールも癇癪女《かんしゃくおんな》から解放されて幸せになれる。

そして我がキャンディ伯爵家も。

いずれその借金を盾に、キャンディ銀行（仮称）の支店をリプトン伯爵家領内に作って営業を認めさせれば幸せ。

更にリプトン伯爵領を債務漬《さいむづ》けにして支配できればもっと幸せ。

つまり私は、リプトン家領地の経済圏を支配することと引き換えに婚姻無効の手助けをする絵図を脳裏に描いたのである。

みんなみんな幸せ。「売り手良し」「買い手良し」「世間良し」――これぞ三方良し。

銀行の試験運用に、経済支配を広める実験もできる。

事実上『新植民地』状態だが、借金のことがあるリプトン家には何も言えないだろう。

リプトン伯爵領の商人を我が家の息のかかった者だけにしてしまえれば――これはかなり美味しい話だ。

行政の不満はリプトン家へ、経済の利益の大部分はキャンディ家へ。この話が通ってしまえばリプトン家は首根っこを押さえられて飼い殺し、我が家に逆らえなくなる。

問題は、リプトン伯爵家の経営が悪化した原因だが……それもダディに伝えて任せればうまく排除してくれるだろう。

「かなりの金額ですのね……成功するかどうか。フレール様にぬか喜びはさせたくありませんから、説得に成功したらすべての準備を整えた上で、お知らせ致しますわ。ですからそれまではそのお方にも何も仰《おっしゃ》らず、くれぐれも貴女《あなた》の胸だけに留めていらしてね。心配させないように、いつも通りに振る舞っておいてくださいな」

期待させないように慎重に言葉を選ぶ。

私的にはダディ説得の成功率は高いが、間男に伝わって万が一逃げられては困るのだ。

「あぁ、それだけでも嬉しいですわ。ありがとうマリアージュ様！　優しい方ね」

この場では一人孤立無援の状態だったから尚更嬉しかったのだろう。フレール嬢は喜色を浮かべ、私の両手を取って礼を言った。

私も「お二人の幸せのためにも私、父の説得を頑張りますわね！」などといけしゃあしゃあと言って満面の笑みを浮かべる。

「早速これから取りかからなくては。アールお義兄様と一緒に帰るのはお嫌でしょう？」

侍女に送らせ、フレール嬢は感謝しきりで帰っていった。

さて、後は姉達に説明し、義兄とダディを説《と》き伏せるだけだ。

嫌に静かになったと思っていたら、メルローズがいつの間にかソファーですやすやと寝入っていた。確かにメリーにとっては退屈な会話だったのかも。

私達姉妹は顔を見合わせて、彼女を起こさないよう小声で会話を始める。

「……話を聞かせてくれるわよね、マリー」

「あんな安請け合いして良かったの？」

「ええ。我が家に利益のある取り引きなら、ダディは耳を傾けると思うわ」

「利益？」

アナベラ姉が人差し指を頬に当てて首を傾げる。アン姉は心配げな表情だ。

私は姉達に、我が家がこのことで得られるであろう利益について包み隠さずすべて語った。

株式制度に加えて銀行のこと。それを作ることで何ができるか。

リプトン伯爵家に我が家からの債務《さいむ》を負わせ、それを材料に取り引きすることで経済圏を拡大し利益が見込めること。お父様の宮廷での発言権が増すだろうということも付け加えて。

すべてを聞き終わると、アン姉は「まぁ、マリーったら悪い子ね」と困った顔になり、アナベラ姉は「それならお父様が引き受ける可能性は高いわね」と納得したように頷いた。

「でも、フレール様は愛する人と一緒になれるけれど、アール様はお一人になってしまうのね……」

心配と同情がない交ぜになった瞳でアン姉が呟く。私はアナベラ姉に顔を向け、話を持ちかけてみることにした。

「アナベラ姉、ここだけの話なんだけど。アナベラ姉はアールお義兄様のこと、どう思う？」

「どうって？」

「あのね、マリーは銀行のお仕事を任せるなら、普段から貴金属宝石を取り扱ってるアールお義兄様がうってつけだと思うのよ。銀行は富を生みだし支配を強める大事な大事な機関。アナベラ姉がアールお義兄様と結婚して我が家に縛《しば》りつけて、新たな子爵家でも立ち上げて銀行を取り仕切ってくれたら非常に安心だなぁって思うんだけど」

弟であるグレイと私との結婚という繋がりだけじゃ、義兄に銀行をお願いするのにはちょっとまだ不安なのよね。

そう言えば、アナベラ姉は思案気に手を顎《あご》に当てた。

「うーん、そうね。私としてはあの方は嫌いじゃないわ。あの方とフレール様の話を総合すれば、優しくて相手に誠実に向き合う真面目な方みたいだし、顔も整っていてとってもハンサムだと思うもの。お父様もそのことでアール様との結婚を承諾なさるのであれば、私は別に結婚しても構わないわ」

社交界で言い寄ってくる男達はそこまで好みじゃなかったし、持ちこまれる縁談もこれと言って特にいいと思う人はいなかったのよね、と語るアナベラ姉。

「実は、マリーに先越されるわけにはいかないって少し焦っていたのよ。アール様と結婚するなら兄弟と姉妹で夫婦になるのだから気安いし、いっそ一緒に結婚式を挙げてもいいかも知れないわ」

「まあ、アナベラ。姉妹で一緒に結婚式なんて素敵ね！」

アナベラ姉の言葉を聞いて、アン姉が瞳を輝かせて声を上げた。

私もなんだか嬉しくなってきて手をパチリと鳴らす。これは気合を入れないと！

「うんうん、良かった！　じゃあ決まりね、殿方達を呼びましょうか。ダディに話す前に、アールお義兄様に婚姻白紙についての説明と説得もしなきゃ」

「マリー、そこは私に任せて。傷ついた男を慰《なぐさ》めるのは新たな恋の始まりになるものよ？」

アナベラ姉はそう言って、華やかな笑みを浮かべた。

波打つ黒髪に灰色の瞳。ママン譲りの美貌にダディに似た垂れ目が加わると、退廃的な色気を醸《かも》しだす。今はまだ十代だけど、二十五歳位になればきっと、「私と一緒にどこまでも堕落しましょう」なんて男をダメにするような台詞《せりふ》が似合いそうだ。

数々の男を虜《とりこ》にしてきたであろうその美貌は、赤薔薇と呼ばれるだけのことはあると思う。実に頼もしい。

「んぅ〜、お話終わったのぉ〜？」

流石《さすが》にうるさかったのか、メリーが目を擦って起きだしてきた。

「あら、起こしちゃったかしら？　ごめんなさいね」

少し慌ててそのストレートの黒髪を撫でていると、侍女がすかさず傍に寄り「お部屋でお休みになりますか？」と訊いた。メリーはまだ眠たかったらしくこくりと頷く。

そのまま侍女に抱っこされて、彼女は喫茶室から運ばれていった。

◇

◆

◇

キャンディ伯爵邸の喫茶室を出て廊下を歩きながら、僕は何気なく窓から外を眺めた。

そこには美しく整えられた庭園が広がっているが、何か不自然なものを見つけてしまう。

立ち止まって窓に近づくと、遠目に庭師らしき数人が妙なものを運んでいた。

茶色い、何か大きなものを……あれはなんだろうか。

「どうしたグレイ」

アールも訝《いぶか》しげな表情で立ち止まった。僕は窓の外のそれを指さす。

「あれはなんだろう？　なんだか馬のような形の……」

「あっ……マリーお姉ちゃまの――」

振り返ると、声を上げたのはイサーク様だった。言葉を止めたその青灰色の瞳と目が合うと、しまったという表情で口に手を当てている。

マリーと言ったか。彼女に関係するものなのだろうか。

首を傾げていると、トーマス様がイサーク様の後ろに回り、抱きかかえるように腕を回した。

「ああ、あれは馬の玩具《おもちゃ》でな。馬を怖がるイサークのためにマリーが考えて作らせたんだ。イサークも気に入ってよく遊んでいる。あれにも慣れてきたから、もう少ししたら本物に挑戦することになる――そうだな、イサーク」

「う、うん……そうなんだよ、あはははは」

イサーク様の柔らかく癖のある亜麻色の髪にくしゃりと手を乗せて言い聞かせるトーマス様。そしてどこか引きつった顔で不自然な笑い声を返すイサーク様。

なるほど、と思う。馬は体が大きいから、小柄なイサーク様が恐怖を覚えるというのも納得だ。

「イサーク様、大丈夫ですよ。慣れれば馬は怖くありませんから。それにしてもキャンディ伯爵家の方々は馬がお好きなんですね。マリーもそうですし」

「模型だから安全なんだ。マリーも時々イサークと一緒に遊んでやったりしてる。後は貴婦人の乗り方を練習したりな」

「そうなのですね」

カレル様の説明に頷いて、僕は窓から視線を外した。あのデートでのこと、マリーは案外気にしていたのだろうか。

細かな作法とか、僕はあまり気にしないのに。

再び歩きはじめた僕達は、喫茶室から少し離れた一室に通される。

「カレル様。先程は本当に、重ね重ね……」

ソファーに落ち着いたところで兄が再び謝罪を始めた。カレル様は煩《わずら》わしそうに手をひらひらと振る。

「気にしないでくれ、悪くもないのに謝らなくてもいい。さっきも、リプトン卿に怒っていたわけじゃないから」

「……私のことは是非アールとお呼びください。もう、リプトンの姓は捨てますので」

顔を少し歪めてアールが言う。心を決めたのだろう。流石《さすが》に僕も、これはないと思ったし。

「そうか、決意したのか？」

トーマス様が運ばれてきたばかりのお茶に口を付けながらそう言うと、兄は「はい」と頷いた。

「この度のことは流石《さすが》に看過《かんか》できません。決心が付きました。もとより、ルフナー子爵家でもそのほうがいいだろうという話が出てましたから」

「だろうな」

「私もそのほうがいいと思う」

兄君達の同意をきっかけに、部屋に沈黙が下りた。

イサーク様が退屈そうにしている。

「僕、お外で遊んできていい？」

「ああ、どうせ長くなるだろうしな」

そう同意を得るやいなや、近侍を伴《ともな》ったイサーク様が元気良く飛びだしていく。僕もできることなら喫茶室の前で待っていたい。

そんな気持ちで閉じられた扉を見つめていると、「どうした」とトーマス様に声をかけられた。

「マリーが心配なのです。義姉はあんな風ですから」

「そちらの仲は良好のようだな」

「大丈夫でしょうか。フレールはああですし……」

アールも心配そうに言うと、カレル様が頭の後ろで手を組む。

「大丈夫だろう、アンとアナベラの二人もいるし。それにあいつは結構面白い性格をしてるから、一人でも全然平気だと思うぞ」

「おい、カレル」

「本当のことだし、いいじゃないか。ゆくゆくは夫婦になるんなら遅かれ早かれってやつさ。それに、マリーが変わってることには気付いているんだろう？」

僕は頷いた。「それで私が選ばれたのだろうということも」と付け加える。

カレル様はニヤリと笑った。

「な、グレイなら大丈夫だって」

「よろしければ、マリーの話をいろいろと聞かせてくれませんか」

僕は興味が湧いた。成長を見守ってきた兄の立場から見ると、彼女はどんな感じなんだろう。

カレル様はうーんと考えて、「それならあの話をしてやろう」と悪戯《いたずら》っぽい笑みを浮かべた。

「おい、本人のいない所で余計な話はするな」

「あの豆の話ならいいだろう？」

「あれか……まあぁれなら大丈夫か」

最初は窘《たしな》めたトーマス様も、それならばとカレル様の言葉に頷く。

じゃあ決まりな、ということで話が始まった。

「グレイも知ってるだろうが、マリーは美味《うま》いものや便利なものをいろいろと人に作らせてきた。けど失敗も多かったんだよな。本人は成功だって言い張ってたけど、どう考えてもあれはダメだった」

「失敗？」

いろいろ不思議なことを知っているマリーでも失敗するのか。

カレル様は思い出すように虚空を見つめる。

「そう、あれは――ある暑い夏の日のことだった。マリーは何を思いついたのか、料理長に大豆を戻して柔らかくしておくようにと命じた。俺は興味があって、マリーに付いて回ることに決めた。そして次の日。マリーは庭師に命じて枯草を集めさせ、それを台所へ持っていった。訊けば、枯草を鍋で煮るんだと。料理長はもちろん大反対。羊やヤギでもあるまいし、とな。ならばとマリーは外で煮るから古い使わない鍋をよこせと言う。そこまで言われてしまっては、と料理長は鍋をダメにする覚悟で泣く泣く許可を出した」

枯草を煮るなんて阿呆か魔女みたいだろう、と言われて僕は頷いた。

気でもどうかしたか、もしくは何かの呪いの儀式かとしか思えない。

「マリーは戻した大豆を蒸すように命じ、自分は枯草を綺麗に洗って束ね、鍋で煮た。草が茹《ゆ》で上がると手首から肘《ひじ》ぐらいまでの長さに切り分け、一纏《ひとまと》めにした両端を麻紐《ひも》で束ねた。それが終わるとその枯草の束を割って中に蒸した大豆を詰めこみ、濡れ布巾を巻きつけてそのまま放置したんだ」

「夏の日ですよね？　そんなことをしたら腐るんじゃ……」

僕が疑問を呈すると、カレル様は「ああ」と頷く。

「もちろんそうだ。一日経って、マリーが枯草を掻《か》き分けて豆を取りだした時には見事に腐っていたよ。だけどな、ここからだ。マリーはなんと、その腐った豆を嬉々として口にしたんだ。傍にいたばあやが悲鳴を上げてそれを奪い取ったけど、時すでに遅し。マリーは飲みこんでしまっていた」

僕は仰天した。

腐った豆を食べた⁉　そんなことをしたらお腹を壊すじゃないか！

「そ、それで……」

「そりゃあ大騒ぎさ。腐った豆を周囲が取り上げようとしたんだが、マリーは体を張って必死に渡すまいと守るわけだよ。大丈夫、これはチーズのようなもので腐ってない。健康に良い『ナットー』というものだからと言い張って。医者まで呼ばれる事態になった」

「『ナットー』？　チーズのようなもの？」

確かにチーズの中にはカビが生えているものもあるけれど、カビるのと腐るとのじゃ大違いなんじゃないかと思う。

そう言えば、カレル様は頷いた。

「俺もそう思う。あの豆はどう見ても糸を引いていて、腐ってるとしか思えなかった。臭《にお》いもきつかったし」

結局、サイモン様の一声でマリーは無理やりそれらから引き剥がされ、腐った豆は捨てられたそうだ。

余程思い入れがあったのか、マリーは最後まで『私のナットーが！』と泣き叫んでいたという。

「それで、マリー様のお腹は大丈夫だったのですか？」

僕と同様はらはらした様子のアールが訊くと、カレル様は肩を竦《すく》める。

「それが不思議なことにな。医者が薬湯を飲ませて経過観察をしたんだが、下すとか吐きだすとかそういうものはまったくなかった。余程強靭《きょうじん》な胃袋をしてるんだろう」

もちろんマリーは後でサイモン様にこっぴどく怒られ、今後『ナットー』なるものを作るのは禁止されてしまったとか。

……いろいろ凄《すご》い話を聞いてしまった。

願わくは、結婚してサイモン様の監視下を出た後でも作りませんように。マリーの作ったものだとしても、糸を引く腐った豆は流石《さすが》の僕も口にする勇気はない。

それにしても。

「そういえば、ばあやという方にはお会いしたことがないですね」

マリーの話でも、『よくばあやに叱られた』と聞いていたのに、実際に会ったことがなかった。

そう言うと、トーマス様が遠い目をする。

「ああ、ばあや……コジー夫人というのだが、とあることで走り回ってぎっくり腰になったのだ。今は代理としてその孫娘のサリーナが勤めている」

その名前には聞き覚えがあった。

「もしかして、その人……」

「ああ、マリーの侍女だ。先程も給仕していたし、見知っているだろう？」

「……」

僕は『とあること』についてなんとなく察してしまい、トーマス様の言葉に頷くに留めた。

これ以上は深く考えないほうがいいと直感が警告している。好奇心は猫を殺すと言うじゃないか。知らないほうが幸せなこともあるのだと思う。

しばらく沈黙が下りた後、アールがコホンと軽く咳払いをした。

「お二方にお訊きしたいことがあるのですが」

トーマス様がマリーと同じ色の眼差しを向ける。

「なんだ？」

「……ドルトン侯爵家のメイソンというお方についてご存じでしょうか？」

「ああ、あいつか」

カレル様が腕を組む。眉を顰《ひそ》めて嫌悪をあらわにしていた。

「なぜか俺に対抗心を燃やしているらしくて、顔を合わせる度に何かにつけて突っかかってくるんだ。本当に鬱陶《うっとう》しくてな」

苦虫を噛み潰したような表情を浮かべるカレル様。

トーマス様も渋面を作る。

「私も一応は見知っている。慣れ慣れしく声をかけてきて、アナベラとの仲を取り持てと一時期は本当にしつこかった。身分は向こうが上だから無下にもできなくてな。あまり良い印象はない。……その男がどうかしたのか？」

「いえ……」

逆に問い返されたアールは言葉を濁《にご》した。カレル様が片眉を上げ、人差し指を立ててるとくるくると回す。

「ずばり、間男だろう？」

「……なぜそのように？」

「元々これと言って噂を聞かなかった女が豹変《ひょうへん》した。女があそこまでなりふり構わず振る舞うのは、子供か恋しい男のためぐらいだ。だけど子供はいない。だったら答えは一つしかないだろ？」

顔を歪め、沈黙で肯定の意を返したアール。

トーマス様がなるほどな、と理解を示した。

「侯爵家——だからか」

「はい。お恥ずかしながら、祖父と父にもそう言われております」

「遊びでちょっかい出してるとかじゃないのか？」

「いや、そうとは限らんぞ、カレル」

トーマス様は首を振り、アールも同意するように頷く。

「ええ、狙いは借財のない爵位でしょう」

リプトン伯爵位を狙っている男が遊びであるはずがない。アールがそう説明すると、カレル様は呆れたように肩を竦《すく》め、頭をぐるりと回した。

「やれやれ、あそこまで頑張っているのにあの男が相手では高確率で浮気されるな、リプトン伯爵夫人は。まっ、それも自業自得だ。気を落とすな。女は星の数ほどいるさ」

「これから親戚になる誼《よしみ》だ。良い再婚相手が見つかるよう、私達も協力しよう」

「ありがとうございます」

お二人から励ますようにポンポンと肩を叩かれ、アールが苦笑いしながら礼を述べた時。

部屋の扉が勢い良くノックされた。そのままこちらの返事も待たずに開かれ、イサーク様が子犬のように飛びこんでくる。

慌てた表情の近侍が頭を下げながら続き、イサーク様はトーマス様のところへ一目散にやってきた。

「姉様達、呼びに来たー？」

「いや、まだだ」

「え～……」

「もうそろそろかも知れないから大人しく部屋にいたほうがいいと思うぞ」

不満そうに頬を膨らませるイサーク様だったが、カレル様の言葉に渋々とソファーに座る。そうしてしばらく退屈そうに足をぶらぶらとさせていたが、その内コテンと横になってしまった。

そのまま静かになったので、なんとなく僕達も黙っていた。

規則的な呼吸音が聞こえてくる。イサーク様はどうも遊び疲れたようで、すっかり眠ってしまっていた。

近侍が様子をそっと窺《うかが》って、「お休みになっていらっしゃいます」と小声で報告。眠るイサーク様には毛布が掛けられた。

それから沈黙のまま少しの時間が過ぎ、「失礼致します」と侍女が呼びに来た。

「アン様より、喫茶室にお戻りくださいますようにとのことでございます」

「一度寝たらなかなか起きないんだ。このまま寝かしておこう」

確かによく眠っているのに起こすのは忍びない。

カレル様の言葉に同意して、僕達はイサーク様を残して再び喫茶室に戻ったのだった。

三

侍女を呼びにやると、男性陣がぞろぞろと喫茶室に帰還した。

「大丈夫でしたか、マリー」

「ええ。ご心配をおかけしましたわ、グレイ」

心配してくれていたグレイに微笑み返す。素直に嬉しい。

イサークがいないと思ったら、メリーと同じくお昼寝タイムに入ったとのこと。似たもの弟妹である。

義兄と兄達を見ると、彼らは彼らでいろいろと話していたのか、どことなく解れた雰囲気が感じられる。

改めて皆が席に着くと、義兄アールが言いにくそうに切りだした。

「あの、妻は……？」

「大丈夫、もう帰られましたわ」

にこやかに答えたのはアナベラ姉である。

「そのことでアール様にお話がありますの」

「なんでしょうか？」

義兄アールは少し緊張した面持ちで居住まいを正した。

私達がフレール嬢に何を聞かされたのかと不安なのだろう。

「単刀直入に言いますわ。実はフレール様には、結婚前から想う方がいらっしゃるそうですの。アール様との婚姻を解消して別れたいのだと。そこでアール様のご意思を知りたくて。アール様は、フレール様との婚姻関係を終わりにしたいと思っていらっしゃいますか？」

皆、固唾《かたず》を呑んで義兄アールを見つめた。

彼はすでに諦めの境地なのか、ぴしりと張ったばかりの背を軽く丸め、力なく溜息を吐く。

「……そうですね、できるのでしたら。私がどれだけ関係改善に尽力しようとも、妻にはその気がないようですから。もう限界なのだろうと私自身も考えています。しかし円満にとは――いかないでしょうね。我が家は少なくない結納金を出しましたし、リプトン伯爵家もそれを返せば潰れてしまいますから、使用人などに嘘の証言をさせてでも私を有責にしようとしてくるでしょう」

「分かりました、そのお気持ちを確認したかったのです。――マリー」

私はアナベラ姉に頷くと、義兄に微笑みを向けた。

「それならば話は早いですわ。私達は皆アールお義兄様の味方ですから、どうか元気を出してくださいまし。そのことで先程もフレール様とお話しさせていただいたのですが、実は私、円満な良い解決策を思いついたんですの。ルフナー子爵家には結納金も返ってきますし、リプトン伯爵家も潰れずに済む方法ですわ。それに白い結婚として婚姻無効という形になりますから、結婚そのものがなかったということにできますのよ」

明るく言う私に義兄がぱっと顔を上げた。驚愕に彩《いろど》られた表情で視線を合わせてくる。

「ほ、本当にそんなことが可能なんですか⁉」

「ええ。ただ、父の力を借りますので説得しなければなりませんが」

グレイが口に拳を当てた。

「サイモン様の……。では、結納金は」

「ええ、我が家が代わりにルフナー子爵家へお返しし、リプトン家へ貸すという形に変えるんですの」

うまくいけばその貸しは後々に莫大《ばくだい》な利益を生むのだ。考える程に笑いが止まらない。

ニコニコしている私を不審に思ったのか、義兄アールは不可解そうに首を傾げた。

「決して少なくない額ですよ？　マリー様と婚姻予定の弟ならまだしも、その兄に過ぎない私のために大金を肩代わりすることに、キャンディ伯爵が同意なさるのでしょうか？」

「ええ、もちろんフレール様から金額も伺っておりますわ。それに肩代わりではなく、貸すのです。事情を話せば父も分かってくれます、大丈夫ですわ」

「しかし――」

「あら……」

尚も言い募る義兄アールに、アナベラ姉が大輪の薔薇を思わせるような艶《あで》やかな笑みで流し目を送った。

「では私と婚約なさいます？　それなら父も納得するでしょうし」

「は……？」

不意打ちの爆弾発言。義兄は顎《あご》が外れた猫さながらに呆然とした顔をする。グレイと兄二人も同様だ。アン姉は一人クスクスと笑っている。

ああ、この世界にカメラがあればなぁ。

「いきなりなんてことを言いだすんだ、アナベラ！」

「そうだぞ、マリーじゃあるまいし！」

トーマス兄に続き、カレル兄が非常に失礼で聞き捨てならぬことを言った。

よし、『月光の君（笑）』の刺繍《ししゅう》ハンカチは増産だな。怒りに任せてバージョン違いも複数作っておいてやろう。

まったく、私がいつもおかしな言動をしているみたいなことをグレイの前で言わないでほしい。

「そ、そうですよ、からかわないでください。社交界の赤薔薇姫ともあろうお方が……それに私は既婚者で――」

はっと我に返った義兄アールも明らかに狼狽《ろうばい》している。

一方のアナベラ姉は泰然自若《たいぜんじじゃく》たる構え。

「このような話でからかうことなどしませんわ。フレール様との婚姻は白紙になるのでしょう？だったら問題ありませんわ。もちろん父の承諾は必要にはなりますけれど」

アナベラ姉が小首を傾げるが、義兄はそれでも首を振った。

「私の社交界での評判は地に落ちています。婚姻を白紙に戻しても、体面は無傷ではないでしょう。アナベラ様は身分や資産、体面共に申し分ない貴公子達が、競って愛を乞《こ》い求めるような貴婦人……傷物の私などにはもったいないお方です」

「あら、言う程の悪評判ではありませんわ。近頃ではフレール様の振る舞いに眉を顰《ひそ》める方が多くてよ。それに、他の殿方達と比べても、アール様は捨てたものではありませんわ。傷つくことを恐れ逃げ回り、無傷のままでいるような殿方では到底一人前の紳士にはなれませんことよ？」

義兄アールの言葉尻を捕らえて切り返す。凄《すご》い——さりげなく義兄のことを褒めている。

うまい！　うまいぞ！

これが社交界でのアナベラ姉なんだろうな。モテ女の真骨頂《しんこっちょう》を見た気がする。

義兄はと見ると、顔を真っ赤にしてすっかり固まってしまっていた。

しかしアナベラ姉を見つめるその眼差しが、うっとりと熱を帯びはじめているのは傍目《はため》にも明らかである。

「嫌われても傷つけられてもじっと耐えて、誠実に夫としてフレール様に向き合おうとなさってきたアール様に、私は感銘を受けましたの。貴方《あなた》様は立派な紳士ですわ。本当に、よく辛抱なさいましたわね」

「アナ……ベラ……様」

女神のように微笑むアナベラ姉。それを受けた深緑の瞳にみるみる内に涙が溢《あふ》れた。義兄は目を押さえ、「すみませんっ、こんな……！」と咄嗟《とっさ》に俯《うつむ》いてしまう。

「手で擦ってはいけませんわ、これを」

アナベラ姉はさっと立ち上がって近づくと、宝石ビジューのあしらわれた豪奢《ごうしゃ》な腰巻ポケットから取りだしたハンカチを義兄の頬にあてがった。

あっ……そのハンカチは！

私は思わず両手で口を覆《おお》った。

それは以前私がアナベラ姉にあげた、ジョークグッズのノリで漢字を縫《ぬ》い取ったやつで――『変態』と書かれてある。

刺繍《ししゅう》ハンカチが溜まってきたので、どれでもいいからあげると姉達に並べて見せた時。

黒一色で複雑に縫《ぬ》い取られた漢字にエキゾチックなものを感じたのかどうかは分からないが、なんの運命の悪戯《いたずら》か、アナベラ姉が気に入って選んだのがこれであった。

本当はカレル兄あたりにあげようと思っていたけれど……意味を訊かれた時は冷や汗ものだった。『おまじないだから意味を教えてはいけないの』と誤魔化《ごまか》したんだっけ。

アナベラ姉がちゃんと使ってくれているのは嬉しいけど、まさかそのハンカチが今ここで出てくるとは……！

肩を震わせながら、『変態』と書かれたハンカチで涙を拭われる義兄アール。シュールだ。

アン姉は胸の上で両手を組み、感動したように目をうるうるさせている。トーマス兄とカレル兄も良かったな、みたいな表情で見守っていた。

小刻みに震えながら必死に笑いを堪《こら》えているのは私だけである。

耐えろ、私。ここは感動的な場面、耐えるんだ。

結局、義兄アールが落ち着いてハンカチがしまわれるまで私への拷問《ごうもん》は続いた。

「大変失礼しました……」

少し顔を赤くして義兄アールが詫《わ》びる。

「落ち着かれまして？」

「ええ、お陰様で」

義兄アールの言葉にまったく同意だ。私もやっと落ち着いた。

アナベラ姉は「それなら良かったですわ」と目を細める。

「先程のお話の続きをしてもよろしいかしら？　実はアール様と結婚してはどうかと言いだしたのもマリーなんですの」

「ええ。アールお義兄様は資産もおありだし、ハンサムだし、アナベラ姉様のお相手として申し分ないと思ったんですの。実利的なお話としても、是非ともキャンディ伯爵家に取りこみたいのですわ。アールお義兄様は貴金属宝石を扱っていらっしゃいます。お金や貴金属を扱う銀行という重要な事業を興《おこ》す際、是非ともお義兄様の知恵と力を貸していただきたいと考えているのですわ」

「銀行？」

「ええ。お義兄様は細かな計算や貴金属管理はお得意なのでしょう？」

「確かに得意ですが……」

私は腹を括《くく》った。これも銀行運用の人材確保のためだ。

姉達に語ったのと同じことを説明する。

「――ですから、当家にとって非常に重要な銀行のお仕事にアールお義兄様が携《たずさ》わってくだされば、と私は考えたのですわ。婚姻白紙を仲介するのもまったくの善意というわけではなく、近い未来の取り引き材料――銀行の支店と、より大きな利益を視野に入れてのこと。トーマス兄様は跡継ぎとして家を取りまとめ、領地経営をしなければいけません。カレル兄様も、今は手伝えてもいずれどこかのお家に婿《むこ》入りする可能性が高く、結婚相手によってはそちらの領地経営や事業で忙しくなります。株式のことや銀行の支店のこと、商人達に預かり証を広めていくこと……そしてキーマン商会のこと。グレイも子爵家の当主としての仕事以外にもやることが沢山ありすぎて。アールお義兄様が助けてくださったらとても心強いんですの」

明るい未来予想図を語り終え、私は乾いた喉《のど》を冷めた紅茶で潤《うるお》した。

姉達はニコニコしているが、男性陣は全員静まり返っている。

「……あくどい」

ぽつり、とカレル兄が呟いた。

「ご挨拶ですわね、カレル兄様。高利貸し達に比べたら随分《ずいぶん》優しいではありませんの。これぐらいのことは貴族として普通のこと」

「私は知らされていたから今更だが、話してしまって良かったのか？」

ルフナー兄弟をチラリと見てトーマス兄が心配する。私は肩を竦《すく》めた。

ちゃんと話さずにことを進めるのは無理だし、何より不誠実だ。もう開き直るしかない——と言いつつも、最悪グレイ達を監禁して……既成事実を作る覚悟である。

前世でも今世でも、世の中ヤっちまったもん勝ちなのだ。

「だって家族になるんですもの。一族は運命を共にするものですわ。アールお義兄様もグレイも、お聞きになった以上はもう引き返せませんわよ？」

私は少しばかりの恐れを抱きながらも、どこか意地悪な気持ちでグレイを見る。彼もまた真剣な表情でこちらを凝視していた。

こちらを見透かさんとする気迫に怯《ひる》みそうになったが、少なくともそこに拒絶の色は見えないことに少し安堵《あんど》する。

やがてグレイは静かに口を開いた。

「これも君なんだね、マリー。君が秘密にしていた……」

これが、じゃなくてこれも。

ああ、グレイはすべて認めて受け止めてくれている。

丁寧語さえ忘れた問いかけに喜びを覚えて、私も心を緩めた。

「……ええ、そうよ。これも私。心を開いてみた私。どう、怖くなった？」

悪戯《いたずら》っぽくからかうように言えば、グレイは鋭い視線を和らげて溜息交じりに苦笑いを浮かべる。

「正直に言えば、少し。でもそれ以上にマリーのことを知れて嬉しいんだ。僕は最初から、引き返すつもりは微塵《みじん》もないよ」

そしてグレイは義兄アールのほうを向いた。

「それで、兄さんはどうするの？　怖気《おじけ》づいた？」

「私も正直震えが来ている。でもこれは恐れではなく武者震《むしゃぶる》いだよ、グレイ。マリー様の言われた『銀行』、その仕組みを実現できれば大いなる力となるだろう。自分の受け継いだ貴金属宝石の商《あきな》いなどちっぽけに思える」

そして義兄は震えを止めようとするように自身の右手で左腕をぎゅっと握りしめて私を見た。

「マリー様は私をその大役に見込んでくれたのですね。アナベラ様との婚姻を望んでまでも。今更怖いと逃げては弟に面目も立たず、アナベラ様に相応しい男どころか紳士にすらなれない。私でよろしければ、微力ですがお力になりましょう」

不敵に笑う義兄アール。美貌も相まって、悪役っぽくてちょっとドキッとしてしまう。

そこへアナベラ姉が、「まあ、本当に？　嬉しいわ」と寄り添った。

眼福眼福、実に絵になる二人である。

「ありがとうアールお義兄様！　じゃあ早速お父様の所へお願いに行きましょう。アナベラ姉様との婚約の話もしなくては」

「そういうことなら、私も共に参ります。婚約のお願いは流石《さすが》に私自身にさせてください」

アナベラ姉を見つめる義兄アールの表情は戦場に赴《おもむ》く兵士を思わせた。

そういう話の流れとはいえ、これからダディに相対して、非常識にもいきなり婚約の申しこみをするのだ。それも、その時点では義兄は公にはまだリプトン伯爵家に婿《むこ》入りしたままの身。相当な覚悟をしなければいけないと思う。

言いだしっぺは私だし、全力でサポートするから許してほしい。

「おいおい、マリー。ここまで来たら皆で行くぞ」

「それがいいだろう。アール、いざとなれば私達も助け船を出そう。見届けなければ気が済まないからな」

兄達がそう言い、アン姉がダディに知らせるために使いをやらせる。

使いが戻るまでしばらく待っていると、喫茶室の扉がノックもなしに開かれた。

「あっ、お父様！　お母様も」

私は思わず声を上げた。

なんと、ダディ自身がママンを伴《ともな》って直接喫茶室へと乗りこんできたのだ。

ダディは全員を睥睨《へいげい》するように見渡し、最後に私をピンポイントでじろりと睨む。

「これだけの人数に執務室は狭い。それに、話をするならこっちのほうが早いだろう」

「マリーちゃん、聞いたわよ～。グレイ君のお兄さんとアナベラの仲を取り持とうとしてるんですって？」

アン姉の使いから話を聞いたのか、悪戯《いたずら》っぽく鷹揚《おうよう》に微笑んで手をひらひらと振るママンティヴィーナ。

ちょっ、グレイの前で『マリーちゃん』は恥ずかしいよ、ママン！

「もうお夕食の時間に近いから、このままここで食べちゃいましょう。お話も長くなりそうだもの」

というママンの一声で、そのまま喫茶室での夕食会へ移行することに。

ルフナー兄弟は我に返ると、自分達の馬車や御者等の使用人達についての世話を我が家の侍女に頼もうとしていたが、「大丈夫よ、ちゃんと手配させているわ」とママンに言われ、恐縮していた。

夕食の準備が整う間に、私はダディに粗方《あらかた》の経緯と頼みたいことを話す。

銀行のための人材として義兄アールを推薦《すいせん》し、アナベラ姉との婚姻を提案したのは他ならぬ自分だということも忘れず伝えた。そしてアナベラ姉も満更ではないことも。

「……というわけなんですの、お父様。うちとしても損はありませんし、婚姻の白紙撤回とリプトン家の結納金の件に協力してくれます？」

「……またお前は」

「——キャンディ伯爵閣下。どうか私とアナベラ様の婚約をお許しください！」

義兄アールが転がりでる。ダディの座るソファーの傍に跪《ひざまず》き、深々と頭を下げた。

ダディは無表情で黙ったまま義兄の頭部を睨みつけている。ママンは「あらあら、まあ……」と片手で上品に口を覆《おお》った。

アナベラ姉は真剣な面持ちでじっと様子を見守っている。他の皆も同様だ。

私は構わず話を続けた。

「我が家が動くに当たって気になることがありますわ。一つがリプトン伯爵家が没落しかけた理由。もう一つはフレール様と恋仲の貴族の男。前者はうちの経済支配の邪魔なので当然排除・対処すべきですし、後者はアールお義兄様の財産に恋をしている、とマリーは睨んでおります」

視線が一斉に私に向けられる。義兄アールだけは頭を下げたままだ。

カタが付く前に義兄アールとアナベラ姉の婚約話がバレたら、リプトン伯爵家はうちから結納金を借りることを渋り、こちらが義兄を奪ったのだと言いがかりを付けてくる可能性もある。そんな騒ぎになれば例の男にもバレてしまう。

間男にフレール嬢と結婚する気がさらさらない場合、沈む船の鼠《ねずみ》のように必死に逃げようとするはず。

「逃げる隙を与えず一瞬でカタを付けなければなりません。秘して万全に準備を整え、一気に決着を付ける必要がありますわ。加えて、その男はお義兄様から略奪してまでフレール様と結婚したのだということを社交界に広めて、公の事実にしなくては」

万が一男とフレール嬢が両想いだとしても問題はないはずだ。

両想いでなくとも、罠《わな》に嵌《は》めてフレール嬢と男を結ばせ、まとめてしまえば監視しやすい。背後も探りやすくなるだろう。

「まず修道院に要請し、サインするだけで成立するように婚姻白紙の書類と婚姻の書類を準備します。次に教会関係者を伴《ともな》ってお父様とアールお義兄様がリプトン家へ赴《おもむ》きます」

そこで修道女にフレール嬢の純潔を証明してもらい、義兄アールがリプトン伯爵に婚姻無効の申し立てをする。

その際、フレール嬢にはかねてより想う方がいるのでお互い円満に別れたい、と伝えるのも忘れてはならない。

「婚姻無効を申し立てたら当然リプトン伯爵は結納金のことで渋るでしょうから、お父様が善意から、金を貸すと持ちかけます」

差し上げますと渡しては施《ほどこ》しと思われてリプトン家の面子《めんつ》を潰してしまう。返済は金でなくとも構わないとでも言えば、「貸す」という形にしやすいし、承諾される可能性も高い。

「婚姻白紙の書類にサインをもらった後は、フレール嬢と恋仲の男を、騙してでも連れてきます。婚姻の書類にその場でサインしてもらうのですわ。男も教会関係者やフレール嬢の手前、否やは言えないでしょう。結婚式までサインしないとでも言われたら、この場で簡素な結婚式を挙げればいい、正式なのは後でと退路を断つ。断ったら人妻を弄《もてあそ》んだという醜聞《しゅうぶん》が立ち、貴族としては致命的ですわね」

滔々《とうとう》と語り続ける私に、ダディが片手を挙げて黙るよう制した。

「こら、そうポンポンと急《せ》いて語るな。物事には順序というものがあるんだぞ」

そして、未だ跪《ひざまず》いたままの義兄を見やる。

「アールと言ったか。唐突に婚姻を申し出る非礼は馬鹿娘のせいだから不問にしよう。娘から聞かされたのなら分かっているだろうが、『銀行』は危険な仕事だ。万が一があれば、私は家を守るためにお前を切り捨てることも辞さない。お前にはキャンディ伯爵家のために命を捨てる覚悟はあるか？　これは言葉の綾じゃない。実際に狙われることになるぞ」

「……はい、覚悟はしております。私の命に代えましてもアナベラ様を守り抜き、キャンディ伯爵家のために尽くして参る所存です」

顔を上げて真っ直ぐにダディを見つめる義兄アール。ダディもまたアールという人物を見極めんとするように睨み返していた。

義兄は目を逸らさない。そこに嘘偽りのない決意を見いだしたのか、ダディはややあって力を抜くと満足気に頷いた。

「ふむ、良い面構《つらがま》えだ。いいだろう。マリーに乗せられるようで腹が立つが、銀行の人材を探していたのも事実。立つが良い、未来の息子よ」

「はっ、はい！　ありがとうございます……！」

感極まったように頭をトげる義兄アール。アナベラ姉がその傍に行って腕を取り、彼を立ち上がらせた。ママンも嬉しそうに笑顔を浮かべている。

「アール様！　本当に良かったですわ。お父様、私からもお礼を申し上げます」

淑女の礼を取ったアナベラ姉に、意外そうに眉を片方上げるダディ。

新たなカップルの誕生に、場は和やかな雰囲気に満たされた。

「兄さん、おめでとう」とグレイが祝辞を述べれば、「良かったな、アナベラをよろしく頼む」とトーマス兄が続く。カレル兄は「これからよろしく。それにしても年上の義弟かぁ……」などとぼやいていた。

アン姉はママンティヴィーナに兄弟姉妹カップルでの合同挙式のアイデアを嬉しそうに話していた。ママンは楽しそうにそれに耳を傾けている。

その時、香ばしい香りが漂《ただよ》ってきて胃袋が刺激された。お腹が空いていたみたいだ。お待ちかねの夕食が次々に運ばれてくる。侍女が数人、弟妹を呼びに行った。

食前酒のワイングラスを傾けながら「ラベンダー修道院に話を通すか」などと呟くダディ。

ちなみにラベンダー修道院というのは俗称である。正式名は確かソルツァグマ修道院。

キャンディ伯爵家、ルフナー子爵家共に関係が深いし、この件もきっと承諾してくれるだろう。

私はまだ見ぬフレール嬢の恋人を思ってにんまりとした。

――残念だったな、男よ。リプトン伯爵家の旨味はキャンディ伯爵家が横取りさせてもらう！

◇◆◇

微笑む。

「大丈夫でしたか、マリー」

喫茶室に入るなり、僕は真っ先に彼女のもとへ行った。マリーが心配をかけたと言って柔らかく微笑む。

良かった、大丈夫そうだ。

僕がホッとしていると、マリーは目をあちこちにやって首を傾げた。

「あら？　イサークがいないようだけれど……」

「イサーク様は遊び疲れたのかお昼寝しています。よく眠っていらっしゃるから起こさずに僕達だけで戻ってきたんです」

「まあそうなの？　実はメリーも眠ってしまったの」

マリーはあの子達は似た者同士ねとクスクスと笑う。

全員ソファーに落ち着いたところで兄が恐る恐る義姉フレールのことを切りだすと、もう帰ったと知らされ、そのことで話があるとも言われた。

何を言われるのかと緊張した面持ちでアールが背筋を伸ばす。僕も同じような気持ちで注意を傾けた。

義姉フレールも婚姻関係を解消したがっており、マリーの思いついた円満な解決策なら結納金のことでルフナー子爵家も損をしないし、リプトン伯爵家も潰れずに済む——しかも、二人の婚姻は無効という形にできるそうだ。

つまりアールの体面も傷つかずに済むということ。

そんな方法が、と思わず身を乗りだしかけたアールに、マリーはにこやかに頷いた。

この問題の一番の懸念は結納金をどうするか、だ。

僕はまさかと思って口を挟む。

マリーはキャンディ伯爵家がリプトン伯爵家へ貸すという形を取り、結納金をうちへ返す方法を取るとあっけらかんと言った。

やっぱり……。マリー、それは流石《さすが》に無理なんじゃないかな。

僕は内心呆れながらそっと周囲を窺《うかが》った。

二人の姉君達はニコニコしているが、兄君達は渋面を作っている。しかし言いだした本人のマリーは嫌に上機嫌な表情をしていた。

考えなしに言ったのか、それともサイモン様を説得する勝算でもあるのだろうか。

兄もおかしいと思ったのか首を傾げている。

結納金は高額だ。

キャンディ伯爵家なら肩代わりはできるだろうけれど、僕がマリーと婚約者だからというだけで兄のアールにそんな大金を出す道理はない。

アールがそう言うと、マリーは肩代わりではなく貸すのだと訂正した。

でも、貸すにしたって……基本、返済能力がある者に貸すのが常識だ。高利貸しにしたってそう。

あの没落寸前だったリプトン家では返せないんじゃないだろうか。

同じことを思ったのだろう兄が「しかし……」と言いかけた時。

「あら……では私と婚約なさいます？」

それなら父も納得するでしょうし、とアナベラ様。

彼女はアールを横目に見て、社交界の男達を虜《とりこ》にしてきただろう赤薔薇のごとき艶《あで》やかな笑みを浮かべた。

「は……？」

ぽかんと間抜けな顔をしてアナベラ様を見ているアール。二人の兄君も同様だった。僕もきっと同じ表情だろう。

アン様が忍び笑いをするのが聞こえてきて、僕はそっと手の甲を抓《つね》った。どうやらこれは夢ではないみたいだ。

一体何が起こってるんだ!?

衝撃から立ち直った様子の兄君達がアナベラ様を叱責する。「マリーじゃあるまいし」ってどういうことなんでしょうかカレル様。

兄も動揺しながら「からかわないでください」と異を唱えている。

確かにアナベラ様のような高嶺《たかね》の花はアールには不釣り合い……いや、それを考えたらマリーと僕もか。ちょっと凹んだ。

一方のアナベラ様は顔色一つ変えず余裕の構えだ。

何か問題でも？　とでも言いたげに首をひねるアナベラ様だが、僕は問題大ありだと思う。

身分や評判など、そもそも条件が違いすぎる。

そうでなくても、引く手数多《あまた》のアナベラ様と、今回のことで醜聞《しゅうぶん》にまみれた傷物の兄とでは天と地程の差がある。

アール自身もそう思ったようで、自分のような者にはアナベラ様程のお方はもったいないと首を振った。

しかしそんなアールに、そこまで悪評判ではない、近頃は義姉フレールのほうが評判が悪いと少し呆れたようなアナベラ様。

「――それに、他の殿方達と比べても、アール様は捨てたものではありませんわ。傷つくことを恐れ逃げ回り、無傷のままでいるような殿方では到底一人前の紳士にはなれませんことよ？」

なんという殺し文句だ。雲の上にいると思っていた天女が手の届く地上に降りてきたような。

その言葉を聞いた兄の顔が真っ赤に染まった。瞳が夢見るようにとろりとして――人が恋に落ちる瞬間を僕は初めて見た。

それが実の兄だったのは甚《はなは》だ遺憾《いかん》だけど。

アナベラ様はすべてを包みこむような眼差しをアールに向けた。

「嫌われても傷つけられてもじっと耐えて、誠実に夫としてフレール様に向き合おうとなさってきたアール様に、私は感銘を受けましたの。貴方様《あなた》は立派な紳士ですわ。本当に、よく辛抱なさいましたわね」

「アナ……ベラ……様」

とうとうアールの瞳から涙が零れた。失態を詫《わ》びながら慌てて顔を隠す兄。アナベラ様は立ち上がって近づくと、ハンカチを取りだしその目にあてがってやっている。

見たことのない黒一色の刺繍《ししゅう》はきっとマリーの手によるものなのだろう。何かの文字のようなそれはとても芸術的に見えた。

僕ももらうならああいうのが良かったかも。今度頼んでみようか。

そんな贅沢《ぜいたく》なことを考えていたら、押し殺した悲鳴のような声が聞こえた。

視線をやれば、マリーが感極まったように打ち震え、両手で口を覆《おお》っている。アン様も胸の前で手を組んで、同じような表情をしていた。

どうも彼女達はアールとアナベラ様が婚約することに賛成らしい。僕達が戻る前にいろいろと話し合ったに違いない。

さっきマリーが提案したことと婚約を合わせて考える。

ルフナー子爵家としては願ってもないことだ。没落寸前だったリプトン伯爵家よりも裕福なキャンディ伯爵家と縁付くほうがずっといいに決まってる。

アールが落ち着いてきたところで、この婚約を提案したのもマリーだと言うアナベラ様に僕は愕《がく》然《ぜん》とした。二人の兄君を見ると、やっぱりといった表情。

さっきのカレル様の言葉からして、彼女は常々突拍子もないことを言ってるらしい。

「ええ。アールお義兄様は資産もおありだし、ハンサムだし、アナベラ姉様のお相手として申し分ないと思ったんですの。実利的なお話としても、是非ともキャンディ伯爵家に取りこみたいのですわ。アールお義兄様は貴金属宝石を扱っていらっしゃいます。お金や貴金属を扱う銀行という重要な事業を興《おこ》す際、是非ともお義兄様の知恵と力を貸していただきたいと考えているのですわ」

マリーがその理由について可愛らしく人差し指を立てて述べる。しかしその内容は少しも可愛らしくはなかった。

アールは貴金属宝石を商《あきな》っているから、同じものを扱う『銀行』というものに向いていると彼女は語る。

その『銀行』の説明、僕の関わっている株式制度——その二つの関係性と意義について明かされるにつれ、僕は体中に戦慄《せんりつ》が走るのを抑えることができなかった。

高利貸しに取って代わり、いずれ無から有を生みだし、それで商売を支配していく。

リプトン伯爵家に結納金を貸し出すと言ったのもその一環だったんだ。

突拍子もないと思ったアナベラ様との婚約の提案も、説明されればなるほどと納得できるだけの理由あってのこと。

手始めにリプトン伯爵領を事実上手中に収める。

金を借りているリプトン伯爵にしても、相手が同格の伯爵位であれば強くは出られないだろう。政治権力などで争うわけじゃなく、商売だから国など関係ない。

その仕組みを広げていけば、このトラス王国どころか……！

『ルフナー子爵家にあってキャンディ伯爵家にないものがありますの。外国との繋がりですわ』

『キーマン商会は国外にも数多く支店があるのでしょう？』

デートの時に聞いたマリーの言葉が悪魔の囁《ささや》きのごとく甘美に頭に響く。

そういえば……

『グレイの商売が大きくなって世界中に広まるようにと祈りを込めていますのよ』

『商売で世界一になれますようにっていう願かけですわ』

僕はポケットにそっと手をやった。この奇妙な図案の刺繍《ししゅう》ハンカチも、また。

『国に縛《しば》られない、国という囲いが意味をなさない、それこそが交易商人たるルフナー家の強み』

そうか、と僕は納得する。納得、してしまった。

――彼女は婚約した時からこれを思い描いていたのだ。

そこに思い至り、全身総毛だった。

「――ですから、当家にとって非常に重要な銀行のお仕事にアールお義兄様が携《たずさ》わってくだされば、と私は考えたのですわ。婚姻白紙を仲介するのもまったくの善意というわけではなく、近い未来の取り引き材料――銀行の支店と、より大きな利益を視野に入れてのこと」

僕達ルフナー子爵家、ひいてはキーマン商会は、婚姻を通じてキャンディ伯爵家に取って喰《く》われるんだ。

そしてキャンディ伯爵家はマリーの考えた新たな仕組みで支配を強め――やがてはリプトン伯爵領どころか、国王陛下でさえも無視できなくなってくるだろう。

マリーはきっとそれらのことをアナベラ様に語ったに違いない。

だからアナベラ様もアールとの婚約に乗り気になった――恐らくは、サイモン様も婚約の許可を出すだろうと思う。

「株式のことや銀行の支店のこと、商人達に預かり証を広めていくこと……そしてキーマン商会のこと。グレイも子爵家の当主としての仕事以外にもやることが沢山ありすぎて。アールお義兄様が助けてくださったらとても心強いんですの」

小鳥が囀《さえず》るがごとくにこやかに恐ろしい内容を語り終え、そう締めくくったマリーは満足そうにお茶を飲んだ。

「……」

喫茶室が沈黙に満たされる。

使用人達の表情には隠しきれない畏怖《いふ》が宿っているように思えた。

姉君二人はなんてことない笑顔で茶菓子を摘まんでいる。

アールは両手を組み、じっと考えこんでいるようだった。

カレル様が引きつった顔で「……あくどい」と呟くと、マリーは高利貸しよりも随分《ずいぶん》優しいし、貴族として普通のことだと返した。

それまで無表情で彼女を見つめていたトーマス様が、話してしまって良かったのか、と僕達を一《いち》瞥《べつ》する。

マリーは少し決まり悪そうにしていたが、開き直ったのだろう。だって家族になるんですもの、とちろりと舌を出した。

「一族は運命を共にするものですわ。アールお義兄様もグレイも、お聞きになった以上はもう引き返せませんわよ？」

言ってマリーは僕達のほうを見た。貴族的で冷ややかな彼女の笑みを見るのは二度目だ。

僕は視線をしっかりと合わせ、静かに見つめ返した。

初めて会った時、愛らしく微笑んだマリー。

価値のない茶葉から作りだしたミルクティーを嬉しそうに飲むマリー。

馬の乗り方で慌てて恥ずかしそうにしているマリー。

子豚の物語の歌を優しく不思議な旋律で歌うマリー。

家で子供達と共に夫の帰りを待つ穏やかな日々を望む、いじらしいマリー。

刺繍《ししゅう》のハンカチの包みを差しだし、頬を薔薇色に染めて恥じらうマリー。

便利なものを考え生みだすマリー。

誰も知らない知識や恐ろしいことを、こともなげに語るマリー……

さまざまな彼女が脳裏を去来する。

どれが本当の彼女なのか僕には分からない。

でもよく見ると、分かることが一つだけあった。

今のマリーのその蜜色の瞳の奥は、確かに恐れと不安に揺れていた。

――ああ、そうか。

どれが本物とかじゃなくて、全部マリーなんだ。

すとん、と唐突に理解して、僕は問いかけた。

「これも君なんだね、マリー。君が秘密にしていた……」

彼女はふっと表情を緩めると、少し潤《うる》んだ瞳でおどけるように笑う。

「……ええ、そうよ。これも私。心を開いてみた私。どう、怖くなった？」

マリーは恐らく捨て身で僕を試しているんだ。秘密にしていた一面をさらけだしてまで。

恐らく、普通の男だったら怖気《おじけ》づいて逃げてしまうだろう。正直僕も怖くないと言えば嘘になる。

でも、それ以上に――マリーが心を開いてくれたことが嬉しかった。

引き返すつもりは毛頭ない。僕は彼女のすべてを受け入れ、運命を共にしよう。

大きく息を吐く。やれやれ、本当に一筋縄ではいかない。

きっと結婚後は尻に敷かれることだろう。これも惚れた弱みというやつか。

僕の返事を聞いたマリーは、本当に嬉しそうに笑った。

さて、僕はいいとして問題は――

「それで、兄さんはどうするの？　怖気《おじけ》づいた？」

アールを見て問いかけると、わずかに身震いしながらも笑っていた。

「私も正直震えが来ている。でもこれは恐れではなく武者震《むしゃぶる》いだよ、グレイ」

武者震《むしゃぶる》いか、僕も感じているさ。

マリーの言う『銀行』が実現すれば、大きな力を手にすることになる。それと比べれば自分の商《あきな》いはちっぽけに思えると兄は語った。

マリーに向き直り、自分で良ければと凄《すご》みのある笑みを浮かべるアール。

僕にはその気持ちがよく分かった。

泣き寝入りせざるを得なかったどん底から、マリーが栄光の高みへ引き上げてくれたのだ。

『銀行』がうまくいけば散々自分を苦しめてきた彼らを見返すことができる。

アナベラ様が嬉しいと言ってアールの腕に触れ微笑んだ。アナベラ様を見て目を細める兄。

そこにはアナベラ様に対する恋情だけじゃない、提示された未来の力へ対する渇望《かつぼう》と復讐《ふくしゅう》の炎が垣間《かいま》見《み》えた。

ならば婚約のお願いをと言うマリー。しかしアールは自分で願い出ると言ってのけた。

サイモン様は激怒なさるだろうか。

僕が兄の立場だったら怖気《おじけ》づきそうだけれど、アールはこれぐらいのことも乗り越えられなければ高利貸しを敵に回すような『銀行』なんてやれない、と気合を入れているようだった。

願い出るのは兄とはいえ、僕は正直ビビっている。マリーのくれたあの——サイモン様の刺繍《ししゅう》ハンカチを思い出して、自分の感情を誤魔化《ごまか》す。あれが唯一の救いだ。

兄君二人が見届け役を申し出てくれて、いざとなれば助け船を出すとまで言ってくれたのは正直心強かった。

アン様が先触れの使いを命じ、僕達は待つことになった。

しばらくして、喫茶室の扉が叩かれる。

先触れが戻ってきたかと思う間もなくそれが開かれ、現れたのはなんとサイモン様と奥方様だった。

このまま喫茶室で話をということになり、夕食もキャンディ家でと言われてしまった。

元々夕方くらいに帰るつもりで来ていたので馬車の世話や側仕え達への言伝《ことづて》を頼もうと慌てていると、もう手配してくださったとのこと。僕達兄弟は奥方様に丁寧にお礼を述べた。

夕食の準備が整うまでの時間、マリーがサイモン様達にこれまでの経緯を説明していた。

『銀行』の仕事にアールを推薦《すいせん》すること、そしてアナベラ様の婚約についてのことも。

婚姻白紙の手助けをし、結納金をリプトン伯爵家に貸し出すことへの協力を願うマリーに、サイモン様は「……またお前は」と深い溜息を吐いた。

確かにこういうことが日常茶飯事なら、マリーを『御《ぎょ》する』のは大変な心労を伴《ともな》うことだろうと思う。しかも、貴族としては無視できないような内容ばかりだ。

そんなことを考えていると、兄が動いた。

「――キャンディ伯爵閣下。どうか私とアナベラ様の婚約をお許しください！」

とうとう目の前で膝をついたアールを、サイモン様は無言の気迫をもって睨みつけている。

皆、緊張した面持ちで成り行きを見守っていた。

例外は平気そうな顔のマリーと、「あらあら」と目を輝かせている奥方様だけだ。

この時ばかりは、僕はアールのことを見直した。正直ちびりそうな程怖い。

マリーが黙ったままのサイモン様に構わず話を続ける。

それはサイモン様が協力することとアールとアナベラ様の婚約を前提としたもので、その後どのように行動すべきかという内容だ。

流石《さすが》にそれは！

サイモン様が何も言わない内からこんなことを言うなんて、場合によっては当主を蔑《ないがし》ろにしているとも思われかねない。怒る寸前の獅子《しし》の尾を弄《もてあそ》んでいるようなものだ。

マリーの言動に背筋が凍るような思いがした。

しかし予想に反し、サイモン様は手を挙げて「そうポンポンと急《せ》いて語るな」とマリーを制止するのみ。

マリーを窘《たしな》めたサイモン様は、頭を下げ続ける兄に視線を戻すと、いざという時はアールを切り捨てさえするだろう、と仰《おっしゃ》った。

「お前にはキャンディ伯爵家のために命を捨てる覚悟はあるか？　これは言葉の綾じゃない。実際に狙われることになるぞ」

そう静かな声で覚悟を問うサイモン様。

アールはそこで初めて顔を上げ、覚悟はしていると答えてサイモン様と視線を合わせた。

殺気さえ感じる気迫のサイモン様から、アールは顔を青褪《あおざ》めさせながらも真剣な表情で決して目を逸らさない。

そのまま睨み合い——しばらくして、「ふむ、良い面構《つらがま》えだ」と先に気を緩めたのはサイモン様だった。

「いいだろう。マリーに乗せられるようで腹が立つが、銀行の人材を探していたのも事実。立つが良い、未来の息子よ」

その言葉に喜色を浮かべて礼を述べるアール。

歓声を上げたアナベラ様が兄の傍に寄り、その手を取って立ち上がるように促している。

アールが立つと、アナベラ様はサイモン様に「私からもお礼を申し上げます」と淑女の礼をした。

その様子にサイモン様が何やらおやっとした表情を浮かべた。奥方様は嬉しそうにしている。

アールは無事にサイモン様のお眼鏡に適《かな》ったようだ。僕は心から祝辞を述べた。

兄君達もアールにお祝いの言葉を下さり、奥方様とアン様は結婚式を兄弟姉妹カップル合同でやってはどうかという話に花を咲かせていた。

僕がマリーを見ると、目が合ってお互いに微笑み合う。

それもいいかも知れないな。


その後の夕食は、キャンディ伯爵家とルフナー子爵家の縁が固く結ばれたお祝いになった。僕達兄弟はこの日をきっと一生忘れられないだろう。

食事が終わってそろそろお開きになる間際、僕はマリーに声をかけられた。

「そういえば、グレイ。相談事ってなんだったの？　ごめんなさい、うっかりしていて」

あっ、そういえば。

僕もうっかりしていた。相談するまでもなくマリー達が解決してくれてました、とは到底言えない。

結局、「気にしないで、また後日」と誤魔化《ごまか》して帰ったのだった。


「でかした！」

「なんとまあ……長生きはするもんじゃのう」

ことの顛末《てんまつ》を報告し終え、父ブルックと祖父エディアールの第一声。

キャンディ家での夕食の後、僕は兄アールも一緒にルフナー子爵家に帰ってきた。すぐにリプトン伯爵家に使いをやり、アールは今日はこちらに泊まるということを伝える。

キャンディ伯爵家から僕達の帰りが遅くなると連絡を受けていた祖父と父が待ち構えていたので居間に移動し、今日あったことを詳《つまび》らかに語ったところだ。

驚き訝《いぶか》しみながらも最後まで聞き終わると、父は降って湧いた僥倖《ぎょうこう》に目を輝かせ、祖父は衝撃を受けたのか呆けたようになっている。

僕達も正直狐《きつね》につままれたような気持ちだ。

「『株式制度』に『銀行』——魔女か、はたまた聖女か。グレイよ、お前の婚約者のマリアージュ姫は尋常じゃないご令嬢だな」

まったく驚嘆に値する、と興奮したように言う父ブルック。

祖父エディアールは逆に表情をわずかに曇らせた。

「しかしアールは危険じゃないのかのう？　金貸し共はあのカーフィ・モカのようなやつばかりじゃぞ」

既得権益《きとくけんえき》を揺るがされることになる金貸し達が、結託して対抗してきたらどうするという懸念だ。

アールはもちろん分かっているさ、と頷く。

「危険は確かにある。キャンディ伯爵閣下にも言われたが、命を狙われるだろうな。しかしそれ以上に見返りが大きすぎる。キャンディ伯爵家が後ろ盾になるから、向こうもおいそれと手出しはできないだろう。それに、俺はもう覚悟を決めたんだ」

「なんだ、急に男の顔になったな」

アールの真剣な表情を見て、父が半笑いを浮かべた。

確かに先日の兄とは別人みたいだからなぁ。

忍び笑いをする僕。

「アナベラ様に恋をしたんだよ。ね、アール？」

「うるさいぞ、グレイ」

「社交界の赤薔薇姫様が相手では、気合も入るってか」

「からかわないでくれよ、父様まで！」

「あの占い師め。回りくどいわい。結果的に当たっておったんじゃなぁ……」

祖父がしみじみと言い、それを聞いた僕達は目を合わせて大笑いした。

こうして皆で笑い合ったのはいつぶりだろうか。まったく、マリーのお陰だ。

居間が再び落ち着いた頃、父ブルックが興味津々な様子で僕を見た。

「それはそうとグレイ、近い内にマリアージュ姫をうちへご招待してはどうだ？」

「そうじゃのう、是非とも会ってみたいものじゃ」

祖父も頷く。僕もそうしようと思っていたところだ。

「そうだね。彼女は薔薇が好きだから、近い内に」

アールの婚姻白紙と婚約が無事に成立し、状況が落ち着いた頃に——祖父と父にそう言って、僕は早期解決への協力を頼んだ。

それまで庭の薔薇が美しく咲いていてくれますようにと祈りながら。

第五章

「待てえええい！　この、馬鹿娘ええええ――!!」

ルフナー兄弟を招いたお茶会から数日。私は屋敷の中を必死に走っていた。

背後からは顔を真っ赤にして般若《はんにゃ》の形相をしたダディサイモンが、なまはげもかくやとばかりに追いかけてきている。捕まったら終わりだ。

なぜ追われているかと言えば、ママンがうっかりあの般若《はんにゃ》ハンカチをダディに見られてしまったのである。

『マリーちゃん、あのハンカチの事うっかりバレちゃったの。ごめんなさいね』

また一緒に刺繍《ししゅう》をしようと、刺繍《ししゅう》道具を入れた籠《かご》をサリーナに持たせて部屋を訪ねた私に、申し訳なさそうに言うママン。

その隣にはなぜか閻魔大王《えんまだいおう》のようなオーラをまとうダディが仁王立ち。

危険を感じた私はすぐさま踵《きびす》を返し、脱兎《だっと》のごとく駆けだしたのであった。

若さというポテンシャルはあるが、体力的にはニートの私が圧倒的に不利。

こそこそと物陰に隠れてダディをやりすごし、カレル兄の部屋へするりと入り込む。

剣の練習でもして帰ってきたばかりなのか、カレル兄は丁度服を脱ぐところだった。

「なっ、マリー⁉」

私の姿を認めるなり、ぎょっとして身構えるカレル兄。新しい服を渡そうとしていた近侍もフリーズしている。

仮に兄が真っ裸《まっぱ》だったとしても、切羽詰まった今の私にはそんなの関係ねぇ！

「ダディに追われているの！　お願い匿《かくま》って、カレル兄！」

「匿《かくま》ってって、今度は一体何したんだよお前！」

「説明は後！」

それだけ言い返して、私はすぐさま兄のクローゼットに飛びこんで扉を閉める。

それと同時にノック音が響いた。カレル兄の部屋の扉だろう。

扉を開ける音。やがて「邪魔するぞ」とダディサイモンの声に、カツカツと足音が響く。

ひいぃ、入ってきた！

私は息を極力殺した。

「着替えていたのか。カレル、マリーはここに来ていないか？」

「父様、あいつがまた何かしたんですか？」

カレル兄の問いに、何やらごそごそと音がする。

「あの馬鹿娘。先日の刺繍《ししゅう》の会で、こんなふざけたものを刺繍《ししゅう》していたそうだ」

「……ぐふっ」

恐らくママンにプレゼントしたあのハンカチを見せたのだろう。

笑いを堪《こら》えきれなかったらしいカレル兄の噴きだす音が聞こえる。

「も、申し訳ありません父様！」

慌てて謝罪する兄。しかしダディは「笑いたければ笑うが良い。だが、お前も無関係ではないぞ」と冷ややかに言う。

「無関係ではないって、どういうことですか？」

「これを見ろ」

「なんですか、これ……頭を光らせた、ハゲの男？　何々……『麗《うるわ》しき月光の君』？」

――あ、ヤバい。

私はさーっと青褪《あおざ》めた。

サリーナに預けた籠《かご》に入れていた、『麗《うるわ》しき月光の君』刺繍《ししゅう》ハンカチのやりかけ。見つかって押収されていたんだ！

カレル兄の部屋に逃げ込んだのは早計だったのかも知れない。

部屋に重い沈黙が下りる。

不意に足音が近づいてきてクローゼットの扉が開かれた。目の前に立っていた、いい笑顔に青筋を立てたカレル兄が、ダディサイモンを振り返る。

「この通り、逃亡者を引き渡します。どうぞ父様」

「うむ。では行くぞ、馬鹿娘。尻叩きの刑だ」

私はあっけなく捕まり、ダディサイモンに聖域《サンクチュアリ》から引き出された。

「いやあああ、信じてたのに！　裏切ったわねカレル兄！　ハンカチだってほんの冗談だったのに！　マリーの表現の自由が侵されるぅぅ——！」

「諦めろ。貴族社会では裏切りなど日常茶飯事だ。それと、罪人に自由はない」

あっさり掌《てのひら》を返された私は……

「うわあああん、マリー死すとも自由は死せずぅぅ——！」

「またわけの分からないことを。さあ、行くぞ」

「いやあああ——!!」

そのままダディに強い力でずるずると引きずられ、連行されてしまったのだった。


そんな一幕があり、叩かれた尻がまだ若干痛むものの——私はあの茶会以来概《おおむ》ね平和で穏やかな日々を過ごしていた。

忙しくて平和でないのは、いろいろと奔走《ほんそう》しているダディサイモンと義兄アール、それを手伝わされているトーマス兄とカレル兄である。

ちなみにママンや姉達は社交界でちょっぴりだけ忙しい感じ。

活動する皆を尻目に、ニートの私は社交界に出るわけもなく。今日も今日とてのんびり生活である。

今日はグレイがやってくる日だ。

朝の日課を終えた後。

天気が良かったので薔薇園の隅《すみ》にテーブルを用意させた。薔薇や蝶を愛《め》でながらゆっくりとお茶を楽しみ、グレイを待っているところ。

爽やかな朝の風を感じながら堪能《たんのう》する茶菓子はスコーンと旬のブルーベリージャム。実に美味《うま》い。

そこへ、グレイの来訪を知らせに屋敷の侍女がやってきた。早速通してもらう。

彼はうちに来る前にソルツァグマ修道院のラベンダー畑に寄ってきたらしい。お土産としてラベンダーの花束を抱えていた。

侍女サリーナがそれを花瓶に入れてテーブルの上に飾る。

「やあマリー、お陰様で兄さんの婚姻白紙は無事に成立したよ。フレールとその相手の婚姻もその場で結ばれたんだって」

破顔しながら砕《くだ》けた口調で語るグレイ。

そう、私達はあの日以来すっかりと打ち解けていたのである。

無事に策が功を奏したことに嬉しくなってこちらも微笑み返す。

「まあ良かったわ。そういえば、フレール様のお相手って誰だったの？」

「ああ、実はドルトン侯爵家の放蕩《ほうとう》息子だったんだ。名はメイソン。三男で、女癖の悪さに加えて浪費癖もある。どこの家からも縁談を敬遠されていたんだけど、リプトン伯爵家に目を付けたらしい。兄さんから離婚させて後釜《あとがま》に座れば結納金も伯爵当主の座も手に入るからね」

「――しかし蓋《ふた》を開けてみたら借金付き当主の座だったと」

浪費癖のある男ならこれからも借金を重ねてくれるだろうから尚更好都合だ。

クスクスと笑うと、グレイは肩を竦《すく》めた。

「そういうこと。後でサイモン様に聞いてみるといいよ。きっと面白い話が聞けるから。実はうちの父も祖父も情報は掴んでいたけど、侯爵家相手に二の足を踏んでいたんだ。下手をすると火の粉《こ》が及ぶからね。いっそ大損してでも兄さんを引き戻そうかと考えてたんだって。今回のことは本当に助かったよ」

「良かったわ。じきに社交界もその話で持ちきりになるわね」

数日前から兄姉達がそれとなく広めはじめたと言っていたので、時間の問題だろう。

噂と言えば、義兄の悪評もどうにかしないとな。

いっそその悪評を逆手に利用して、赤髪ヒーローの恋愛小説でも仕掛けてみるか。ダークヒーローっぽい、危険な香りのするイケメンで。ヒロインはアナベラ姉をモデルにすればいい。

【初恋の野の花】が広まったぐらいだから読者は多いんだろうし、いけそう。

そんなことを考えながら、私はグレイに話を振った。

「そういえば、先日の相談事ってなんだったの？　また後日っていうことになって、ずっと気になっていたの」

「ああ、今日はそのことで。――これなんだけど、商会の者が間違って仕入れてしまって。味は悪くないのにどうにも香りが薄くて物足りないんだ。マリーならどんな風に飲むのかな？」

グレイのベルトポケットから取りだされたガラスの小瓶には茶葉が入っていた。

それを受け取って掌《てのひら》に出し、その香りを嗅《か》いでみる。

確かに香りが薄い。

サリーナに淹れさせて味見してみると、彼の言う通り味は悪くはなかった。

うーん、前世では確か。

「こうした香りが薄い紅茶は……」

私はテーブルの上の花瓶に目をやった。ラベンダーを一本取って水差しの水で軽く洗い、細かくちぎってティーポットに入れていく。そこに茶葉を入れて、サリーナにお湯を注がせた。

心持ち、長めに蒸らす。

「こんな風にするかしら。乾燥したものを使えばあらかじめ茶葉と混ぜることもできるのよ」

グレイは感心したように頷いた。

「そうか、香りがなければ加えればいいのか」

「そういうこと」

頃合いかなと思ってティーカップに注ぐ。蜂蜜を垂らしてスプーンで混ぜた。

「ちょっと味見」

一口飲んでみると、うっすらラベンダーの香りが立ち上ってくる。「美味しいわ、問題ないみたい」とグレイにも勧めた。

「ああ、本当だ。とっても美味しい。なんで思いつかなかったんだろう?」

「うふふ、ラベンダーでなくても香りのあるものならいろいろ応用できるの。そうね、私は薔薇が好きだから、ドッグローズの蕾《つぼみ》を乾燥させたものもいいかも知れないわ。紅茶に浮かべると、さぞかしうっとりするような良い香りがするのでしょうね。お湯でふやけて蕾《つぼみ》が花開いたり……」

前世でも薔薇紅茶は大好きなフレーバーだった。

ドッグローズとは通称イヌバラ。薔薇の原種の一つ、いわゆる野薔薇であり——その実はローズヒップとして薬用に使われたりする。

思い出しながらうっとりと語ると、グレイが忍び笑いを漏らした。

「マリー、ドッグローズも今が丁度盛りの時期だよ。ここの庭に自生してないかな?」

「あっ、あったと思うわ! うっ……あっ、いや、なんでもないの」

危ない危ない。いつものように、「馬の脚ィィィィ! ドッグローズを持てぇぇぇ!」と叫ぶところだった。

生暖かい目をしたサリーナに前脚《ヨハン》と後ろ脚《シュテファン》への言伝《ことづて》を頼む。

訝《いぶか》しげな表情のグレイに冷や汗を掻《か》きながら、おほほほほと笑って誤魔化《ごまか》したのであった。

しばらく二人でラベンダーの即席フレーバーティーを楽しんでいると、馬の脚共がドッグローズを枝ごと持ってきた。

ちぎらせた花びらを水で一度洗い、茶葉と一緒にして淹れる。

心持ち多めに入れたので、割としっかりと薔薇の香りが立った。フレッシュな薔薇も悪くない。蜂蜜と混ぜて飲むと非常に優雅な気持ちになる。

「そうだ、マリー。是非一度ルフナー子爵家に遊びに来てほしいんだ。祖父母や両親がマリーに会いたがってる。都合の良い日を選んで——できれば近いうちがいいんだけど。遅すぎると薔薇園の花が散ってしまうから」

「そうね、手紙に書いたように私もそうしたいと思ってたし。私はいつでも構わないわ」

「じゃあ、明後日はどうかな。朝迎えに来るよ」

「じゃあそれで決まりね。サリーナ」

その準備をしておくように、との意を込めて侍女を見やると優秀な彼女はすぐに頷く。

それに満足して薔薇紅茶を一口啜《すす》ったところで、私はふとグレイに頼もうとしていたことを思い出した。

かちゃり、とカップをソーサーに置く。

「そういえば、グレイ。訊きたいことがあるのだけれど」

「なんだい、マリー」

「望遠鏡って手に入るかしら？」

以前、『遠くを見る道具がないかしら、こう、筒状の……』とぼやっと家庭教師に訊いた時、『割と新しい技術ですが』とこちらでの名称を教えてもらったことを思い出す。稀少だが、存在しているのは知っていたのだ。

グレイが少し考えるそぶりを見せる。

「望遠鏡？　……ああ、遠くを見るやつか。高価だけど手に入れることはできるよ。でもあれは軍人や船乗り、天文学者とかが使うものだけど、マリーは何に使うの？」

そりゃそうだろうなぁ。普通ご令嬢は使わないもの。

しかし転ばぬ先の杖として譲れないのだ。

「私が使うというよりも……ちょっとね。適当な人にやってもらいたいことがあって。それがグレイの商売に役立たないかなって思ったの。もちろんすぐに利益が出るわけじゃないわ」

「僕の商売？」

「ええ。太陽を観察してもらうの」

「望遠鏡で太陽を覗く？　そんなことをすれば目がやられてしまうんじゃ」

「ちょっとした仕掛けを使えばできるのよ。もちろん直接覗きこんだりはしないわ」

中学ぐらいの理科の授業でやったなぁと懐かしく思う。

日除け板と投影板を使えば観察は可能だ。

「それでね、その仕掛けを使って、太陽の黒点――『太陽神の烏《からす》』が多いか少ないかを観察するのよ。烏《からす》がいる間は太陽も元気だけれど、逆に少なくなったり消えたりすれば元気がなくなってるということなの」

『太陽神の烏《からす》』というのは、この世界の神話に登場する太陽神ソルヘリオスが飼っているとされる、三本足の烏《からす》のことだ。

恐らくは肉眼で太陽の黒点を見た古代の人々がそれを烏《からす》に見立てて神話を作ったのだろうが――この世の真実を語り、悪しき存在を断罪する黒き翼をもつ烏《からす》は『裁きの神』としての太陽神の化身だとも言われている。

その神話を知った時は、中国の三足烏《さんそくう》や日本の八咫烏《やたがらす》と同じ姿をしている事に非常に驚いたものだ。

「太陽が元気かどうか、僕の商売に関係があるの？」

「もちろん大ありよ。太陽神が最高位であることは、まったく根拠のない話ではないわ。人の経済活動は太陽の動きに連動しているのだから。小さな周期で見れば十数年だかに一度、太陽活動が弱まることで畑の作物の育成に影響し、不作が訪れてそこから不景気――つまり人々の収入が減ってものが売れなくなり、商売の取り引きも不活発になる。それが分かっていればグレイも損失に備えることができるでしょう？　もしかしたら、グレイのお祖父様あたりは経験則でご存じかも知れないわね」

前世では大体十一年周期だったのを覚えている。こちらではまだ分からない。

第一次産業である農業は経済の根底にある。特にこの世界ではまだまだ農業が主流だ。それが衰えれば、経済も影響を受けるのは自然の理《ことわり》。

私の言葉にグレイは目を丸くした。

「まるで星読み師みたいなことを言うんだね、マリー。それって占い？」

「あら、これは占いじゃないわ。水が高きところから低きところへ流れるのが当たり前であるようなことよ。太陽だけじゃなく、月も生き物の営《いとな》みに関係しているのよ？　海の潮の満ち引きも月が関わっているし、生き物の体に流れる血は海の水に近いの。人や家畜の出産だって、潮が満ちるのに合わせて起こりやすかったりするわ」

月の話は前世で祖父から聞いた話である。

祖父が小さかった頃、大人達は家畜が産気づいても『潮が引いている間は生まれないだろうから』と潮が満ちてくる時刻まで休んでいたそうだ。

実際、家畜は潮が引いている間は出産しなかったと言う。

経験則での知恵だ。

グレイも同じような話をどこかで聞いたことがあったらしい。顎《あご》に手をやり、そういえば、と口を開いた。

「船乗りに同じような話を聞いたことがある。家畜が生まれるのは潮が満ちている時だって。……さっき『小さな周期』って言ってたけど、大きな周期もあるってこと？」

首を傾げるグレイに私は頷いた。

これこそが本題だと言ってもいい。私達が生きている間にそれが来ないとも限らないのだから。

「ええもちろんよ。こちらはとても恐ろしい話。大きな周期での太陽の力が凄《すご》く弱まる時期は、世界中が寒くなって、大きな地震や嵐、火山噴火などの自然災害が起こりやすくなるの。大不作から飢饉《ききん》が起こったり、酷《ひど》い疫病《えきびょう》が流行したりもするわ。そうなれば食料を争って戦も起こる。歴史上、そのような時代は、大抵太陽の力が非常に弱まっている時期なのよね」

こちらの歴史の書物にも、数百年前に酷《ひど》い疫病《えきびょう》が流行したとあった。誰も太陽の周期なんて記録していないだろうからその時のことは分からないけれど。

「規模の大きな火山噴火があっても、不作などが起こりやすくなるわ。舞い上がった火山灰が世界全体に薄いヴェールを張って寒くなってしまうから。だからグレイも、そういう自然災害の噂にはなるべく気を付けていてほしいの」

私が何よりも恐れているのは、小氷期《しょうひょうき》におけるマウンダー極小期《きょくしょうき》のような寒冷化による気候変動だ。こちらの歴史をざっと習った限り、大体数百年サイクルで規模の大小はあれど飢饉《ききん》・疫病《えきびょう》・戦乱等が起きている模様。

特に二百年程前に起こったペストを思わせるような疫病《えきびょう》の大流行は凄《すさ》まじかったらしい。

ばあやの昔話を聞く限り、それからも小さな流行は時折起きているようだ。

一応、うちでは病原体の運び屋となりうる鼠《ねずみ》等を遠ざけるために猫を飼ったり衛生に気を付けさせてはいるが。

とにかくばあやの話から考えると、多分今は小氷期《しょうひょうき》だと思う。

小氷期《しょうひょうき》の中でも寒暖差はあるので、現在がその温暖な時期だとすれば寒冷な時期は必ず訪れることになる。

問題は食料などの備蓄。干し野菜もそう長くは保たないから、時期を見計らって整えなければならない。缶詰にしろ、私のうろ覚えの知識では試行錯誤や実験をさせてみないことには、どれだけの期間安全に保存できるのかも分からないのである。

「前もってそういうことが分かれば、備えることもできて対策が取れるんじゃないかなって思うの。できれば歴史も調べて、疫病《えきびょう》が流行ったり不作だったり、戦乱だったりする時期がどれだけの周期で発生してるか、とかも知りたいのよね。それと合わせて、観察した太陽記録で世の中の動きを予測していく……」

マウンダー極小期《きょくしょうき》には太陽の黒点がほとんど観測されなかったと言う。予測して、できる限り来《きた》る災害には備えなければ。

世紀末――モヒカンの跋扈《ばっこ》するようなヒャッハーな世の中では、安寧《あんねい》のゴロたんニート生活ができなくなってしまう！

そんな思いで熱く語り終えると、グレイは顔を盛大に引きつらせていた。

「ちょ、ちょっと。一介の交易商人で子爵に過ぎない僕に話すにはちょっと話が大きすぎないかな。国とかそういう規模だよ、マリー。それにまず、そういうことはサイモン様に話したほうがいいんじゃ……？」

「あら、だってお父様は今忙しいんだもの。それに望遠鏡のことでどっちみちグレイに話が行くと思うわ」

肩を竦《すく》める私に、グレイは「ああ〜、そうなるだろうなぁ〜」と天を仰ぎ嘆息する。

顔を両手で覆《おお》い、ややあってその隙間から声が絞《しぼ》りだされた。

「……分かった。そういうことが得意そうな人に心当たりがある。その人に任せてもいい？」

「もう、グレイったら。そんな大げさな話じゃないのに。でも、話の出所を内緒にしてくれるならいいわよ」

そう言えば、両手を下ろして「十分大事《おおごと》だよ！」と恨《うら》みがましい目でこちらを見る。

そんなものなんだろうか。

グレイの様子にちょっと申し訳なくなった私は、少し考えてから――

「ごめんなさい、でも今はグレイしか頼る人がいないの」

そう言ってグレイのほうへ身を乗りだす。

両手で彼の頭を少し引き寄せ、お詫《わ》びとお礼の気持ちを込めてその頬にキスをした。

こうして、私の安心安全な念願のだらだらニート生活実現への道が始まったのである。

たとえ未来にどんな困難が待ち受けていたとしても——私は負けない、絶対に。

Regina COMICS
自称 悪役令嬢な婚約者の観察記録。
1~6
シリーズ累計
112万部突破!!!
(電子含む)
原作＝しき
漫画＝蓮見ナツメ
Presented by Shiki & Natsume Hasumi
＼異色のラブ(?)ファンタジー／
待望のコミカライズ!
優秀すぎて人生イージーモードな王太子セシル。そんなある日、侯爵令嬢バーティアと婚約したところ、突然、おかしなことを言われてしまう。
「セシル殿下！ 私は悪役令嬢ですの!!」
……バーティア曰《いわ》く、彼女には前世の記憶があり、ここは『乙女ゲーム』の世界で、彼女はセシルとヒロインの仲を引き裂く『悪役令嬢』なのだという。立派な悪役になって婚約破棄されることを目標に突っ走るバーティアは、退屈なセシルの日々に次々と騒動を巻き起こし始めて——？
これが溺愛ルート!?
最高に幸せですわ!
112万部突破!!
アルファポリス
大好評発売中!!
アルファポリス 漫画 検索
B6判／各定価:748円(10%税込)

RC
Regina
COMICS
令嬢はまったりをご所望。
1~3
原作 三月べに
漫画 梶山ミカ
シリーズ累計
36万部!
(電子含む)
アルファポリスWebサイトにて
好評連載中!
もふもふファンタジー
待望のコミカライズ!
過労により命を落とし、とある小説の世界に悪役令嬢として転生してしまったローニャ。彼女は自分が婚約破棄され、表舞台から追放される運命にあることを知っている。
だけど、今世でこそ、平和にゆっくり過ごしたい!
そう願ったローニャは、小説通り追放されたあと、ロトと呼ばれるちび妖精達の力を借りて田舎街に喫茶店をオープン。すると個性的な獣人達が次々やってきて——?
B6判・各定価:748円(10%税込)
大好評発売中!
アルファポリス 漫画
検索

悪役令嬢の役割は終えました
1~2
｛原作｝月椿
tsuki tsubaki
｛漫画｝甲羅まる
koura maru
RC
Regina
COMICS
アルファポリス
Webサイトにて
好評連載中
!!!
大好評発売中!
異色の悪役令嬢ファンタジー
待望のコミカライズ!
第二の人生好きにさせていただきます。
仕事も恋も大忙し!?
異色の悪役令嬢ファンタジー コミカライズ第2巻!
神様に妹の命を救ってもらう代わりに、悪役令嬢として異世界に転生したレフィーナ。嫌われ役を見事に演じ、ヒロインと王太子を結び付けた後は、貴族をやめてお城の侍女として働くことに。どんなことも一度見ただけでマスターできる転生チートで、お気楽自由なセカンドライフを満喫していたら、やがて周囲の評価もどんどん変わってきて——?
アルファポリス 漫画
検索
B6判／各定価：748円（10%税込）